Los últimos días de Saint Pierre

CAROLINA P. ALCAIDE

Editado por Harlequin Ibérica.
Una división de HarperCollins Ibérica, S.A.
Núñez de Balboa, 56
28001 Madrid

© 2016 Carlos Parrilla Alcaide
© 2016 Harlequin Ibérica, una división de HarperCollins Ibérica, S.A.
Los últimos días de Saint Pierre, n.º 211

Todos los derechos están reservados incluidos los de reproducción, total o parcial. Esta edición ha sido publicada con autorización de Harlequin Books S.A.
Esta es una obra de ficción. Nombres, caracteres, lugares, y situaciones son producto de la imaginación del autor o son utilizados ficticiamente, y cualquier parecido con personas, vivas o muertas, establecimientos de negocios (comerciales), hechos o situaciones son pura coincidencia.
® Harlequin, TOP NOVEL y logotipo Harlequin son marcas registradas por Harlequin Enterprises Limited.
® y ™ son marcas registradas por Harlequin Enterprises Limited y sus filiales, utilizadas con licencia. Las marcas que lleven ® están registradas en la Oficina Española de Patentes y Marcas y en otros países.
Imágenes de cubierta utilizadas con permiso de Dreamstime.com.

I.S.B.N.: 978-84-687-8138-9
Depósito legal: M-9246-2016

Para Patricia Martín,
deseando que algún día encuentres a tu Marcel

En el que se descubre la pagoda de los libros
y cómo Marcel plantó cara
al mismísimo Sansón

I

El que reúne las nubes, Zeus, levantó el viento Bóreas junto con una inmensa tempestad, y con las nubes ocultó la tierra y a la vez el Ponto. Y la noche surgió del cielo. Las naves eran arrastradas transversalmente y el ímpetu del viento rasgó sus velas en tres y cuatro trozos. Las colocamos sobre cubierta por terror a la muerte, y haciendo grandes esfuerzos nos dirigimos a remo hacia tierra. Allí estuvimos dos noches y dos días completos, consumiendo nuestro ánimo por el cansancio y el dolor.*

—¡Mont Pelée, Mont Pelée!
El grito despertó a Marcel. Tenía por costumbre dormirse con un libro entre las manos, así —pensaba—, soñaría con aquellos personajes que tanto ad-

---
* Homero, *Odisea*. Canto IX.

miraba, con Héctor y Aquiles, con Eneas, Ulises y Patroclo... Solo tenía el inconveniente de que el dedo con el que marcaba la página se le entumecía y en no pocas ocasiones el volumen terminaba arrugado contra el suelo. Pero él se garantizaba unos sueños hermosos. Imaginaba que tan reales eran estos como la vigilia y que el alma vivía alternativamente dos vidas, una intensa, repleta de aventuras y también de pesadillas angustiosas, y otra gris, monótona y abocada a envejecer y desvanecerse sin hacer ruido.

Abrió la portezuela y un cielo de azul rabioso le hirió los ojos. El olor a sal y agua de mar entró por su nariz y lubricó, como el aceite de un engranaje, cada articulación aún adormecida. No necesitó nada más para ponerse en marcha. Tomó un pedazo de queso y se asomó por la borda. A proa, entre las olas, se recortaba el picacho siempre coronado de nubes, el «Monte Pelado», que a pesar de su nombre se veía eternamente verde.

Aquel mar no ocultaba las islas detrás de una cortina de bruma, como decían los que habían conocido el norte o los océanos australes, el suyo era un mar hermoso y noble como un hombre que dice la verdad en forma de horizonte limpio y que resulta terrible cuando se irrita con violentos huracanes. No disimulaba sus bajíos ni acechaba con arenales traicioneros, era siempre profundo, apenas se alejaba el buque del embarcadero cuando ya navegaba sobre abismos insondables. Amaba el mar, aquel mar, pues no conocía otro, pero cuando leía las narraciones fantásticas de Melville o Conrad lamentaba no llegar a ver nunca esas montañas de hielo que navegan a la deriva o las costas europeas erizadas de viejos castillos.

Cuando aquella pesadumbre se apoderaba de él, abría un recurso en su mente para atajarla. ¿Acaso no hubiera sido distinta la Odisea de Ulises si en vez de vagar por aquellos islotes pedregosos lo hubiera hecho en sus islas llenas de color? También en ellas había gentes de todas las razas y se hablaban en confusa amalgama todas las lenguas: portuguesa, inglesa, holandesa, española y francesa, aderezadas con los vocablos mágicos de los negros. También allí había grutas tenebrosas, mujeres bellas como sirenas y brujas oscuras, porque las santeras de Jamaica, al parecer, eran capaces de transformar a los hombres en cerdos tan bien o mejor que la famosa Circe. Las pequeñas Antillas conformaban un rosario de perlas, todas alineadas: San Martín, San Cristóbal, Guadalupe, Dominica, Martinica, Santa Lucía, San Vicente y Granada, y muchas otras, cientos de diminutas islas. Aquel era su mundo, un universo pequeño pero hermoso como pocos, lleno de luz y vida.

La goleta conocía aquellas aguas como un gato los tejados de su vecindario. En su casco se leía el nombre de *Rosaline*, nadie sabía por qué ni quién la bautizó de aquel modo, había pasado ya por tantas manos desde que la botaron que seguramente aquella *Rosaline*, si es que existió alguna vez, llevaría décadas debajo de la tierra. Pero, si aquella mujer en algo se pareció al buque, en verdad debió de ser hermosa. Sus dos esbeltos palos podrían reconocerse entre una armada entera. Se diría que quien la construyó pensaba en la cadencia de aquellas olas, en la fuerza de sus corrientes y en la tozudez de las lapas que tanto gustaban de pegarse a su tablazón. Era blanca, totalmente blanca y, cuando el sol se ponía, velas y casco se tornaban anaranjados reflejando las tonalidades del cielo.

La vida de Marcel era monótona y sin demasiadas expectativas de progreso, pero aquellas sensaciones no las hubiera cambiado jamás por el mejor porvenir y, si alguien deseaba gozarlas, hubiera tenido que enrolarse, como él, en la *Rosaline*.

En su ruta de ida y vuelta por las colonias francesas, llevando mercancías y raramente algún pasajero, la goleta siempre tocaba tierra en Fort de France. La capital administrativa de la Martinica era una ciudad menos señorial que Saint Pierre, la más poblada, aunque quizá por eso, más moderna y abierta al mundo. Se trataba, además, de un buen fondeadero a salvo de corrientes y oleaje. Su rada tenía entrantes y recovecos en los que hubiera podido perderse el ballenero más grande del océano.

La *Rosaline* entraba con todo el velamen desplegado bajo los muros del fuerte. El piloto tenía la costumbre de ajustarse a aquel espolón encastillado y doblarlo con la quilla casi rozando las murallas, a la sombra de los cañones, demostrando que no era necesario carbón ni humo negro para gobernar una buena nave y hacerla pasar por el ojo de una aguja. Todos sabían que el vapor haría desaparecer la antigua navegación, pero la *Rosaline* tenía aún muchas millas por recorrer antes de terminar en el varadero.

Para Marcel aquella ciudad representaba la antesala del paraíso, al menos, lo más aproximado al edén que pudiera encontrarse en tierra firme. Apenas echaban las amarras cuando su vista se perdía por encima del parque de la Savane, hacia la cúpula de cristal de un edificio mágico. Unos decían que imitaba una pagoda oriental, otros que parecía un palacio de los sultanes turcos, pero Marcel, por más que conociera por los grabados otras construcciones exóticas, jamás hubiera podido concebir un lugar tan majestuoso y, a la vez, tan repleto de tesoros.

La biblioteca Schoelcher había sido construida para la Exposición Universal de París y, poco después, trasladada piedra a piedra, viga a viga y vidrio a vidrio hasta el otro lado del mar. Allí, en Fort de France, se alzaba la joya más exquisita de aquella arquitectura que enloquecía a los nuevos ricos. Desde que la abrieron al público, cada vez que ponía pie en Fort de France se lanzaba con su bolsa de hule impermeable para devolver los volúmenes que se llevara prestados y sustituirlos por otros. La mole verde del Monte Pelado se le antojaba una mala imitación de la gran cúpula de la biblioteca.

En su interior se alineaban estantes infinitos comunicados por escaleras de hierro en espiral. Mirara donde mirara, encontraba maravillas. Solo hubiera consentido abandonar el mar para poder dedicarse a leer, nada más que leer. Pero, a fin de cuentas, ¿qué otro trabajo podía regalarle más horas de inactividad? Las labores en un buque tienen ciclos, horas y, por más que el hombre se afane, son el mar, el viento y la luz los que marcan la jornada. Por la noche, en la pequeñez de su cabina, siempre tenía tiempo para abrir su bolsa y entregarse al placer de la lectura.

Aquella tarde los trámites fueron sencillos, tan solo hubo que desembarcar algunos fardos y subir unas cubas vacías para las factorías de ron de tierra adentro. Seguramente en su próxima escala, en Saint Pierre, todo fuese mucho más tedioso, pero lo que restaba de aquel lunes era enteramente suyo.

—Vamos, Marcel, que te van a cerrar —le recriminaba paternalmente Fabien, el patrón del buque.

Aquel hombre seco y nervudo había navegado durante años con su padre hasta que se lo tragó el océano y, en cuanto el niño supo moverse sobre la cubierta de la goleta sin tropezar con los cabos, asumió el deber de educarlo como marinero. Le enseñó cómo interpretar la forma de las nubes, el olor de los vientos, la tonalidad del ocaso y la espuma de las olas. Al principio tomó al aprendiz como muestra de camaradería, pero pronto supo que Marcel llevaba el mar en sus venas como otros llevan la pólvora o el vino. Respetaba, aunque no comprendía, aquella pasión por los libros que le hacía desentenderse de las charlas al acabar la jornada en alta mar y hasta desertar en las incursiones por las tabernas con el resto de la tripulación. Marcel parecía vivir solo para el mar y sus libros.

El chico, bajo la mirada desdeñosa de sus compañeros, corrió hacia el gran edificio con su bolsa al hombro. Si el bibliotecario no había cerrado la puerta podría quedarse con él cuanto quisiera, incluso hacer compañía al vigilante nocturno, un hombretón con la piel aún más oscura que el cielo que los cubría.

Pronto vio las cornisas labradas, la celosía, el letrero de mosaico dorado y el gran arco que enmarcaba la vidriera. Si no hubiera llegado con el tiempo tan ajustado se habría detenido a contemplar el juego de sus ladrillos en bandas amarillas y rojas, sus aleros siempre poblados de pájaros y aquella bóveda de cristal que transportaba a los lectores a otro mundo, como si estuvieran viviendo dentro de una inmensa esmeralda. Pero aquella tarde solo buscaba el resquicio de la verja abierta. Subió los escalones de tres en tres y se plantó delante del mostrador.

—Marcel Hollister —le saludó cordialmente un hombre cano, uno de esos franceses del norte con nariz redonda y patillas pobladas—. ¿Cómo dejaste Santa Lucía?

—Allá sigue, en medio del mar, donde la última vez. —Rio.

—¿Y qué tal por Ítaca?

Marcel dejó la bolsa en manos del funcionario que se encargó, tranquilamente, de colocar las fichas en los cajoncitos rotulados y los libros sobre una mesilla con ruedas, en espera de devolverlos a los anaqueles al día siguiente.

Entre tanto, Marcel ya trepaba por los pasillos altos y acariciaba la piel del lomo de los libros con una mezcla de delicadeza y deseo, como si fuera la espalda de una mujer.

Tenía por costumbre elegir tres volúmenes cada vez: uno de literatura antigua, que reservaba para los momentos más plácidos de la jornada, otro de viajes y aventuras, que siempre podía dejar a medias y retomar cuando le apeteciera, y un tercero de poesía, que requería sorbos pequeños y tiempo de soledad para calar en lo profundo del espíritu. Consideraba que un día sin haber leído al menos un verso era un día perdido.

Al fin, cuando el bibliotecario repasaba las llaves, Marcel regresó de las alturas y depositó ante su amigo los tres elegidos.

—Vamos ver —se calzó los anteojos—: uno de Verne, recién llegado de París, *Las aventuras del Capitán Hatteras*. ¿Has visto los grabados? Me sorprende que un hombre de mar como tú se atreva a leer las desdichas de otros marineros. Bueno, Ulises es diferente, ya lo sabemos, pero esta historia habla de navíos embarrancados en el hielo y ventiscas de nieve.

—De ese modo —sonrió Marcel— aprecio más estas aguas tan calientes.

—Y este pequeñito... Vaya, Rimbaud... *Ô que ma quille éclate! Ô que j'aille à la mer!*[*] Buena elección, tú siempre serás un hijo del mar, incluso leyendo.

—Hace algún tiempo leí una novelita que se lla-

---

[*] Arthur Rimbaud, *Le bateau ivre*.

maba así, *La hija del mar*. La escribió una mujer llamada Rosalía, casi como mi barco.

—¿*La hija del mar*? ¿Es nuevo? Podría recitarte de corrido los cien últimos ejemplares que nos han enviado del continente, este no lo tenemos.

—No creo que esté traducido siquiera. Me lo regaló un español, de aquellos que pasaron con la escuadra camino de Cuba. ¿Los recuerdas? Seguramente nunca regresó. Cómo olvidar aquella resignación negra, ese correr hacia la fatalidad con plena consciencia. Sabían que marchaban al entierro de su imperio y lo hacían con la cara bien alta. Tienen fama de gente alegre y bulliciosa pero de los labios de un oficial español, o de un simple marinero, raramente escucharás una risa vacía ni un lamento enojoso.

—Un pueblo que sabe navegar y sabe escribir buenos libros tiene mi admiración. Todo lo demás está de sobra.

El bibliotecario dio por concluida la digresión y bajó la vista al último volumen.

—No me dejas de sorprender. *De amicitia*. Nunca se compuso un canto a la amistad tan hermoso como este de Cicerón. Que los disfrutes. Solo te deseo buena travesía, porque la buena compañía ya la llevas en la bolsa. Y recuerda, si algún día caminas con un remo sobre el hombro y alguien te pregunta por qué llevas un aventador, habrás errado el camino. Estarás fuera de tu mundo.

—Amigo, en esta isla tan pequeña es imposible que nadie lo confunda, aquí no hay ninguno de «aquellos hombres que nunca vieron el mar, ni comen manjares sazonados con sal, ni conocen las naves de encarnadas proas, ni tienen noticia de los manejables remos que son como las alas de los buques».*

—Sabía que lo cogerías al vuelo. Cuídate mucho.

Marcel regresó a la *Rosaline* con las estrellas brillando. Tenía dos semanas para leer aquellos libros, aunque el bibliotecario sabía que la duración de la ruta del buque dependía de muchos factores —el tiempo, los fletes— y nunca era demasiado escrupuloso en cuanto a los plazos de devolución.

Las dos pasiones de Marcel iban a satisfacerse en cuestión de horas. A la mañana siguiente, llegaría un momento que aguardaba con ansiedad. Fabien odiaba el papeleo y la burocracia, para él no había mejor contrato que un apretón de manos, a ser posible sellado con un vaso de ron de caña. Por eso, después de cada travesía, desembarcaba en Fort de France y dejaba al chico que condujese la *Rosaline* hasta el último puerto, Saint Pierre. Apenas necesitaba una hora bordeando la isla por el oeste, cerca de la costa, viendo a lo lejos las villas de los hacendados y los ingenios azucareros. La mayoría de la tripulación acompañaba al patrón y marchaba a casa en Fort de France, de modo que Marcel realizaba aquella pequeña singladura de apenas dieciséis millas haciendo al mismo tiempo de

---

* Homero, *Odisea*. Canto XI. Profecía de Tiresias sobre el último viaje de Ulises, el único tierra adentro, que quizá nunca fue escrito.

capitán, contramaestre, piloto y hasta cocinero, en compañía solo de un puñado de marineros. Era entonces cuando se sentía completo. Él gobernaba una hermosa goleta, a él obedecían sus velas, su timón y los hombres que la servían.

La rada de Saint Pierre era bien distinta a la de Fort de France, abierta al mar con una suave concavidad. La ciudad se abría como un abanico, luciendo las agujas blancas de la catedral, la gran fachada del teatro, los árboles centenarios de la Place Bertin y los tejados picudos de las casas antiguas que recordaban más a una villa medieval de la Bretaña que a una colonia en el Caribe. Fort de France era un puerto más apropiado para la carga, el carboneo y los negocios, sin embargo Saint Pierre era una ciudad para pasear, para recorrer despacio, para pensar y sentir.

Saint Pierre se resguardaba en un anfiteatro natural de roca oscura, dando la imagen de un niño protegido por su madre o un burgués sentado en un sillón de orejas. Sobre la ciudad, ladera arriba, se veían lujosas casas de estilo antillano, de maderas coloreadas y balcones de hierro, entremezcladas con las chozas de los antiguos esclavos. Quien llegaba allí por primera vez doblando el cabo de Le Carbet experimentaba la misma sensación que el espectador que descubre un hermoso decorado cuando se alza el telón del teatro.

La *Rosaline* sorteó con pericia los grandes buques fondeados en la bahía. Algunos de ellos, casi siempre norteamericanos, se habían deshecho por completo de las velas y solo mostraban un casco chato y una chimenea grotesca. Los transatlánticos franceses, sin embargo, conservaban sus mástiles y sus aparejos como antiguos aristócratas del mar, ocultando con pudor las salidas de humo.

Marcel descendió al bote. Detrás de él chirriaron las poleas que descargaban una plataforma repleta de voluminosos embalajes. El joven repasó sus documentos mientras recorría la pequeña distancia hasta el muelle de tablas.

Un hombre corpulento vestido solo con un calzón blanco, que hacía resaltar más aún la oscuridad de su piel, le gritó desde el pontón:

—¿Es la carga de Monsieur Berard?

—Sí. Van doce cajas.

El hombre dio entonces un silbido y un carro tirado por dos mulas se situó a la entrada del embarcadero.

Marcel saltó de la lancha mientras los estibadores se acercaban. El puerto estaba lleno de aquellos desdichados que movían sobre sus cabezas las mercancías de los buques o pesados cestos de carbón para las calderas, formando hileras desde los almacenes hasta las barcazas, como enormes hormigas brillantes por el sudor.

—Id bajándolas aquí —ordenaba el hombretón con autoridad.

—¿Es usted el señor Berard? —preguntó Marcel, un tanto receloso.

—No, es mi patrón. Me ha mandado que le recoja el cargamento.

—Entonces, ¿quién me firmará el albarán? Yo no puedo entregar la mercancía sin un recibo.

—Yo no sé nada de eso —contestó secamente.

Sin mediar palabra, Marcel se giró sobre sus talones y gritó:

—Dejad eso ahí, todavía no se descarga.

El criado apretó los labios.

—A mí me han ordenado que lleve las cajas a casa de Monsieur Berard y si pones problemas te mando a tu barco de un puntapié.

—Atrévete —Marcel aceptó el desafío cerrando los puños.

A pesar de su altanería, no imaginaba la fuerza que se ocultaba en los brazos de Marcel. Llevaba desde la infancia a bordo de un navío y estaba acostumbrado a todos los trabajos y todos los esfuerzos. Aunque su rival era de mucha mayor envergadura y todos le hubieran dado como favorito en las apuestas, no habían podido predecir con certeza cómo terminaría el lance.

—¿Qué ocurre, Sansón? —preguntó un soldado de la aduana subiéndose el correaje, que le colgaba bajo la tripa.

—Poca cosa, este niño, que quiere aprender a volar...

—¿Monsieur? —preguntó a Marcel, que se serenó como pudo.

—Buen día, teniente —le ascendió a propósito—. Soy el piloto de la *Rosaline*. —Señaló los dos mástiles que se balanceaban en el centro de la rada—. Traigo una carga del continente, pero aquí el...«caballero» quiere llevarse las cajas sin que nadie me firme el recibo.

—¿Recibo? —preguntó el militar rascándose el grueso bigote—. ¿Es asunto oficial?

—Sí, lo envía el Ministerio de Colonias.

—¡Ah, claro...! Serán los bultos del señor Berard, el nuevo encargado de la aduana. Acaba de llegar destinado de Francia. Serán sus cosas. No se preocupe, ahora mismo mando que le acompañen a su casa, esta mañana no lo he visto por aquí. Descuide que no habrá problema. Si no lo encuentra usted allí para que le firme, al regreso le sellarán el recibo en la oficina. Suba al carro, que es cuesta arriba.

Marcel vio cómo la hilera de estibadores extraía las cajas de la barcaza, pasándoselas de mano en mano como si fueran cestos de paja en vez de pesados embalajes. Poco convencido, se sentó en la parte trasera del carruaje como un polizón, soportando las miradas de desafío que le echaba desde el pescante el criado del señor Berard.

Las calles de Saint Pierre siempre estaban concurridas. Las mujeres, negras o mulatas, caminaban al mercado con sus ropas de colores vivos. Las francesas criollas trataban de vestir a la europea, pero siempre había en su indumentaria algo que las delataba por su alegría. Solo lucían el triste aspecto de las francesas continentales algunas institutrices que caminaban en grupos empujando coches de niños.

Más que hacer la ronda, se hubiera dicho que los soldados paseaban. Hablaban con unos y otros, miraban las cristaleras de los comercios, se saludaban y reían. Las sombrillas de encaje y los grandes sombreros seguían su desplazamiento ondulante por las aceras como hubieran hecho por el bulevar más elegante de París. Todo era paz en aquella ciudad que parecía sacada de una novela sentimental.

El carro rodaba sobre el empedrado de las calles sin causar la menor curiosidad en los transeúntes, preocupados únicamente en ser felices.

Al fin, una voz gutural detuvo las caballerías frente a una casa con jardín situada en lo alto de una cuesta, desde donde se divisaba el espejo azulado de la bahía. Marcel buscó, como siempre hacía, los mástiles de su navío que permanecía inmóvil, como pintado en el centro de un cuadro.

Desde una ventana de la casa, una mulata se dirigió al cochero con palabras ininteligibles y, en un instante, aparecieron media docena de mozos de cuerda para descargar el equipaje.

—Aquí no te va a salvar el soldadito, niño.

El hombre se plantó delante de Marcel mientras bajaban las primeras cajas. No había olvidado el incidente y tenía intención de zanjarlo por las malas. Marcel no deseaba sacar las manos del bolsillo, pero tampoco estaba dispuesto a dejar la provocación sin contestar.

—¿Crees que me hizo falta? Solo ha servido para aplazar un poco lo que te mereces. Vamos, ven. ¿Me tienes miedo?

De nuevo se encararon. Con la cabeza agachada y

las piernas flexionadas se miraban como gallos de pelea esperando el momento preciso para saltar uno sobre otro. Los porteadores se retiraron e hicieron un círculo alrededor de los contendientes. Conocían a su vecino, célebre por su fuerza y su sangre caliente. Pensaban que aquel chico blanco, de pelo rubio y apenas un poco de bozo en el labio, no resistiría el primer golpe.

—Vamos, Sansón, dale ya. ¿A qué esperas?

El resentimiento de siglos de esclavitud y abuso afloraba en la rabia con que animaban a su favorito.

Pero el gigante no se decidía. Ambos daban pasos a derecha e izquierda sin dejar de mirarse a los ojos, esperando un signo de debilidad o duda.

—¿Te vas a arrugar con un niño, Sansón? ¿Es que ya te has hecho parisino desde que sirves a los señores? —se oía en el corrillo.

El aludido respiraba agitadamente mientras que su rival parecía conservar la calma. De repente, la mulata salió de la casa y, asustada, comenzó a chillar.

—¡Ay, señor, que se matan! —Y echó a correr de nuevo hacia el interior del edificio.

Al instante, un hombre en mangas de camisa apareció por la entrada, bajando precipitadamente la escalera.

—¿Qué es esto? ¿Peleas en mi casa? Andad al puerto y coseos a navajazos.

Sansón dio un paso atrás, indeciso. El chico, sin embargo, sonrió y dijo en voz bien alta:

—Parece que en esta casa hay que sacar los puños

para que le firmen a uno el recibo y paguen lo que se debe. Aunque sea oro lo que me manden traer, no pienso subir nunca más esta calle. Bajen ustedes a por sus cosas o vayan nadando al barco a descargarlas.

—¿De qué hablas?

—Busco al señor Berard. Le he traído sus pertenencias desde Guadalupe, recién llegadas del continente. Salí esta mañana de Fort de France, estas cajas llevan un mes navegando y ahora quieren que las entregue sin un justificante. El soldado me ha dicho que aquí me lo firmarían, pero en vez de hablar con una persona sensata me han echado a los perros, por lo que veo.

—Perro... ¿me has llamado perro? —exclamó Sansón, al que hubieron de sujetar muchos brazos.

Se hizo el silencio y Marcel oyó, tras los vidrios de la planta alta, el sonido apagado de un piano que se detenía por el altercado. Con el rabillo del ojo vio sacudirse unos visillos, pero su atención regresó pronto al hombre que le amenazaba y al dueño de la casa, del que esperaba algo más de cordura.

—Esto no es forma de tratar las cosas, señor...

—Señor Hollister. Si es usted el destinatario de la carga, firme aquí y me marcharé con mucho gusto. Lamento esta situación, pero no he sido yo el que la ha causado. Usted debería haber previsto que iba a necesitar un recibo en vez de mandarme solo a su criado.

El caballero tomó el impreso, lo examinó detenidamente, lo aprobó con la mirada y finalmente extrajo una pluma del bolsillo.

El papel regresó a Marcel firmado, rubricado y condecorado con un par de gotas de tinta. El joven lo sopló para secarlas, plegó el documento y lo guardó cuidadosamente. Entonces, con una amplia sonrisa, añadió:

—No puedo decir que haya sido un placer, señor Berard. Buenos días.

Dio media vuelta y se marchó calle abajo en dirección a la bahía exclamando a viva voz:

Divinidades que habitáis en las moradas vecinas,
templos que ya nunca volverán a ver mis ojos,
dioses que debo abandonar y que son los de la alta
ciudad de Roma,
*recibid mi saludo para siempre.**

---

* Ovidio, *Tristezas*, I, 3. Versos 31-34.

DONDE SE ACLARA QUE UNOS VESTIDOS DE PAÑO
NO TRAEN LA FELICIDAD EN LA MARTINICA

II

—¿Cómo se te ocurre intentar tocar a ese tal Debussy? Solo te gustan las cosas modernas que nadie entiende. ¿No te sirve Chopin, como a todo el mundo?

—Te aseguro, mamá, que para tocar bien a Chopin hay que trabajar tanto o más que para Debussy.

—De acuerdo, hija, ya sé que echas de menos a Madame Climent, pero ya encontraremos una profesora aquí, déjanos tiempo. No ha sido fácil, bien lo sabes. Por favor, valora el esfuerzo de tu padre, que se ha preocupado más de que tuvieras el piano listo cuando llegáramos que de todo nuestro equipaje.

—Lo sé, mamá. Perdóname, es que no me acostumbro a este lugar...

—¿Acaso echas de menos el tiempo de Cherburgo?

—No, por favor. —Se levantó del teclado y abrazó a su madre—. Allí llovía continuamente, se nos olvidaba cómo era el sol, en cambio aquí siempre brilla.

Las dos mujeres se asomaron a la ventana. Justo

delante se levantaba un esbelto flamboyán, con unas flores rojas como la grana que parecían salidas de la paleta de un pintor desquiciado. Tras la verja del jardín, la vida discurría con placidez a lo largo de una calle recta que luego se perdía cuesta abajo tras una suave curva. Los tejados de Saint Pierre descendían hasta la bahía en sucesión de alturas y degradación de tonos. Al fondo, el azul intenso del océano miraba a poniente.

Aquel panorama podría haber alegrado el espíritu más abatido, sin embargo, Julie Patrice Berard no se encontraba cómoda. Su madre trataba de disimular la misma sensación con una sonrisa. Sus vidas habían dado un giro asombroso y repentino al que no era fácil adaptarse en tan poco tiempo. La casa era amplia, soleada y alegre, pero no había vecinas con las que charlar ni parientes a los que atosigar con visitas. Estaban en la otra punta del mundo, en las colonias, y la vida allí no se parecía en nada a la que dejaron en Francia. Su marido había sido hasta entonces uno de los muchos empleados de las oficinas del puerto de Cherburgo, a nadie le importaba su vida ni sus quehaceres ni él debía aparentar ser más de lo que era, pero en la sociedad de la Martinica poseía el estatus de autoridad, de hombre importante y, en consecuencia, su familia debía aceptar las reglas con las que se organizaba aquel universo en miniatura. Blancos, negros y mulatos, franceses criollos o continentales, ingleses, americanos y caribeños, unos ricos hasta la opulencia y otros malviviendo en chozas de caña. Nada de aquello se conocía en Cherburgo.

La vida de las dos mujeres había mejorado, al menos en apariencia. A un funcionario destinado a ultramar le llegaba el dinero con generosidad y allí la vida resultaba mucho más económica. Con lo que antes pagaban a una asistenta vieja y malhumorada unas pocas horas a la semana, ahora podían mantener con holgura a Melas, la criada, y al sirviente Auguste, al que todos llamaban Sansón por su fuerza descomunal. Apenas llevaban unas semanas instaladas en su nueva residencia, muy poco tiempo para adaptarse a tantos cambios, pero ambas intuían que la felicidad no depende solo del tamaño de la casa, el número de criados o la hermosura de las flores del jardín. Temían la soledad y, por lo que habían podido entrever, ni una ni otra encajaban demasiado bien en la pequeña sociedad a la que habían sido trasplantadas. Agnes, la madre, no se imaginaba rodeada de señoras desocupadas y quisquillosas, solo pendientes de la vida y la ropa ajena, ni tampoco Julie, la hija menor, veía su vida entre niñas o entre chicas de su edad pero ya casadas y cargadas de mocosos.

El hijo mayor se quedó en Francia, estudiaba en un internado militar y pronto se embarcaría. Seguramente les visitaría vestido de oficial, pero ahora estaba tan lejos...

Sin embargo, el señor Berard exultaba de alegría. Cuando le ofrecieron aquel destino supo que era la única posibilidad de conseguir un ascenso en un escalafón plagado de amiguismos y recomendaciones. Debía elegir entre permanecer para siempre como burócrata gris en un puerto importante, con docenas de funcionarios como él, o llegar a ser jefe de aduanas en otro lugar más pequeño y apartado. Únicamente salió la vacante de Saint Pierre y para conseguirla hubo de escribir más de una carta y pedir más de dos favores. Pero lo logró. Con suerte, dentro de pocos años podría volver a Europa con su categoría consolidada. Antes de partir imaginaba que aquel destierro sería el precio a pagar por su prosperidad y la de su familia, sin embargo al poner pie en la Martinica fue seducido por el encanto de aquella tierra, de su luz y sus colores, y sobre todo por verse respetado como un caballero principal, sentir que las familias importantes le saludaban y los hombres sencillos se quitaban el sombrero a su paso. Mientras las mujeres de su familia miraban aquel cambio con recelo, él confió en su buena estrella y aceptó sin reservas el nuevo orden.

Pronto recibió la invitación de muchos hombres de la ciudad, la mayoría de ellos hacendados, propietarios de los ingenios de azúcar y ron para quienes la amistad del jefe de la aduana podía ahorrar más de un contratiempo. Todos le agasajaban y él se dejaba querer, reían sus ocurrencias, asentían ante sus opiniones y fingían admirar su conocimiento del mundo.

Lo único que angustiaba a Vincent Berard era no

disponer de todos sus trajes y los enseres de su casa, que se embarcaron después de su marcha por cuenta del gobierno. Cuando recibió el telegrama avisando de su llegada quiso guardarlo en secreto para sorprender a su esposa y a su hija, creyendo ingenuamente que la ausencia de sus vestidos era el único motivo por el que se las veía mustias y desorientadas. Ordenó a Sansón que esperase en el puerto la llegada de la goleta de Fort de France y subiera los bultos sin demora. Él iría más tarde al puerto, pero deseaba ver la cara de Agnes y de Julie cuando apareciera el carro cargado con las cajas.

Lamentablemente, la aparición del vehículo no fue tan dichosa como suponía. Él aguardaba, disimulando, pendiente de cada sonido de la calle, mientras en la planta alta se oía el piano que había alquilado a precio de oro para contentar a su hija. Escuchó el paso de los percherones que subían la cuesta, ya llegaban, pero cuando corría a dar la buena noticia llegó el grito agudo de Melas, como el de una gallina cuando el zorro entra en el corral. Salió a la puerta del jardín y vio a un chico rubio, de piel clara y pecas anaranjadas hacer frente al corpulento Sansón. Sus brazos, hechos de nervio más que de músculo, parecían capaces de hacer bastante daño si Sansón no estaba en guardia, pero en todo caso no podía permitir un altercado callejero en su misma puerta, en medio de un corrillo de estibadores. Él era el jefe de la aduana. ¡Qué vergüenza!

Julie Patrice había vuelto al piano, intentaba desenredar una partitura imposible cuando escucharon el alboroto. Los árboles del jardín les impidieron observar con claridad lo que sucedía, pero vieron salir a su padre gesticulando y descompuesto. En un instante todo se calmó. El señor Berard organizó una fila de hombres que empezaron a descargar las cajas del carro. Habían llegado sus cosas, los adornos anticuados, los vestidos de paño grueso que no les servirían en aquel clima, los cubiertos de plata, la porcelana «y, sobre todo», pensó Julie, «los libros».

Un paseo que termina sin zapatos

III

Marcel palpaba el recibo dentro de su bolsillo. Cualquier pasajero hubiera dado una propina generosa para la tripulación, pero aquel pobre señor bastante tenía con soportar a un criado tan pendenciero y mal encarado. No ganaría para sacarlo de líos.

«De todos modos», se decía, «siendo el nuevo jefe de la aduana, debería haber sido un poco más considerado. Si es un tipo rencoroso, puede hacerme las cosas un poco más difíciles. Pero, lo hecho, hecho está. Con aquella bestia amenazándome no me paré a pensar en diplomacias ni cortesías. Mala suerte. Ya podía haber sido el sastre o el relojero y no el que me va a revisar los cargamentos y sellar los permisos».

Y, sin darle mayor importancia, siguió en dirección al puerto. Al llegar a la Place Bertin, una explanada abierta a la bahía, miró el reloj que presidía el edificio de la bolsa. Aún era temprano, tenía tiempo de sobra para caminar un poco antes de embarcar de nuevo y regresar a Fort de France. Para un marinero, marchar sin un rumbo cierto resultaba un placer extraño, tanto como nadar entre las olas para un campesino. «En las encrucijadas», se dijo, «los caballeros andantes dejaban que eligiese el caballo, pero me temo que esta vez yo haré de jinete y de montura».

La plaza hervía de vendedores con cestos llenos de piñas, bananas, jaulas de aves y puercos atados con cordel, que pregonaban sus mercancías en todas las lenguas imaginables y regateaban sus precios en todas las monedas del hemisferio: francos, libras, dólares..., en aquella Babel todos conocían el valor exacto de cada billete o cada pedazo de metal que pasaba de mano en mano.

Del surtidor de una fuente brotaba un chorrillo cuyo rumor quedaba oculto bajo el griterío de la gente. A la izquierda de la gran plaza alargada, se alzaba la bolsa, una bella construcción de madera pintada del color cremoso de las natillas, con su galería para dar sombra y una coqueta ventanita sobre el tejado del piso alto, quizá para ver llegar las naves y tener ventaja en las transacciones. Allí, al parecer, se vendían y se compraban las acciones de algunas empresas de la isla y fue donde más se sufrió la caída del precio del azúcar una década atrás. Muchos de los que lucían relojes con cadena de oro se arruinaron entonces, alguno, incluso, dicen que se quitó la vida, pero los más grandes fueron inteligentes, reconstruyeron los ingenios y se dedicaron al ron. Desde entonces, la Martinica era el primer exportador mundial de aquella bebida que a Marcel le parecía un brebaje nauseabundo. En cada sótano había cubas de alcohol, podría decirse que todo Saint Pierre flotaba sobre una balsa de ron.

Al otro extremo de la plaza se erguía el pequeño faro cuya luz verde guiaba a los navíos hasta el centro de la ensenada. A su lado, el mercado nuevo aparecía ante los viandantes con necio orgullo, como si la simple presencia de un techo de hierro diera un carácter oficial a toda aquella actividad anárquica que palpitaba en los puestos extendidos por doquier. Marcel decidió tomar ese camino dejando el mar a su izquierda y seguir por la avenida principal hasta la salida de la ciudad. La brisa reaparecía cada vez que una calle cruzaba su camino y le devolvía la visión del océano. Los comercios se alineaban con sus toldos de lona y sus letreros pintados sobre cristal. Las casas eran altas, de tres pisos con buhardilla en mansarda y tejado de pizarra, para que los franceses del continente no extrañaran sus ciudades y sus edificios y les fuera más sencillo aclimatarse.

En aquella dirección la vista alcanzaba, a lo lejos, la cumbre del Monte Pelado. El penacho de nubes y quizá también de vapores orientaba a los buques mejor que el propio faro. «Algún día», se proponía Marcel, «subiré al Mont Pelée. No es el lugar más apropiado para un marinero, es cierto, pero desde allí seguro que se pueden ver todas las islas, una detrás de otra, y quién sabe si al fondo se divisará la costa de Venezuela y, al otro extremo, la de Puerto Rico». Para Marcel, una montaña solo tenía utilidad como atalaya para contemplar el mar, siempre el mar.

Siguió caminando calle adelante hasta toparse con los muros del fuerte. Aquellos paredones no tenían ya nada que defender y solo servían para dar realce a la bandera tricolor que ondeaba constantemente mecida por la brisa. Prosiguió hasta detenerse en la escalinata de un gran edificio. Se trataba del teatro, majestuoso, el orgullo de Saint Pierre, sostenido por siete grandes arcos de piedra. Allí se representaban las obras que él solo podía aspirar a leer si las había disponibles en la biblioteca. Una función de teatro le parecía un acto social desprovisto de interés... quizá porque nunca había asistido a ninguna. Se apoyó en la barandilla de hierro para contemplar la bahía. Apenas llevaba unos minutos sin ver el azul del mar y ya se sentía perdido, fuera de su medio natural.

Una pareja de obreros extendía unos cables eléctricos que afeaban la blanca fachada como el trazo de la pluma sobre un papel. ¿Acaso no era compatible el progreso con la belleza?

Junto al teatro, en un nivel algo más bajo, vio los muros oscuros y tristes de la cárcel, en cuya puerta montaban guardia un par de soldados ociosos. De vez en cuando entraba o salía un hombre uniformado o una mujer seguida de una recua de niños, como en todas las cárceles del mundo.

Poco a poco, a medida que Marcel se alejaba unas manzanas del centro de la ciudad, fueron apareciendo las casas más humildes, pequeñas construcciones de pescadores con muros deteriorados por el viento y el salitre y contraventanas de madera pintadas de colores. Los pescados abiertos se secaban al sol, ensartados en cordeles como si fueran ropa tendida. Al final de la calle corría el arroyo de la Roxelane, un torrente que bajaba limpio y fresco desde la falda del Mont Pelée. Nacía ladera arriba, cerca del pequeño pueblo de Morne Rouge, y delimitaba con su cauce el casco urbano de Saint Pierre. Un hermoso puente de piedra, de un solo arco, daba la despedida al caminante que lo rebasaba. Marcel decidió entonces que era hora de regresar. Descendió al cauce, donde unas mulatas lavaban la ropa, y apenas unos metros más adelante sus pies descalzos hollaban la arena de la playa. Ahora debía desandar el paseo, pero en vez de hacerlo de nuevo por las calles, con qué placer marcharía escuchando solo el rumor de las olas.

DONDE LOS PARIENTES SALEN DE UNA CAJA
Y UN CORONEL DA EL RELEVO
A UNA MARQUESA

IV

Las dos mujeres no permitieron que nadie abriese las cajas por ellas. A pesar de llevar un mes zarandeadas en bodegas de navío, imaginaban que solo sus manos poseían la delicadeza suficiente para desempaquetar su contenido. Ellas mismas habían embalado cada vidrio, cada porcelana, cada cucharilla de café, doblado los vestidos y apilado los libros, hasta habían rellenado con paja y papel los huecos para evitar percances. Sansón se limitó a dejar los cajones en el vestíbulo y sacar con unas tenazas los clavos que los aseguraban. A partir de ese momento la competencia era solo de Julie y su madre. Melas, ardiendo de curiosidad, no podía apartar los ojos de aquellos grandes baúles que ella se figuraba llenos de tesoros, como los cofres de las historias de piratas.

En cuestión de minutos se alineaban en el suelo docenas de vasos tallados, tazas de café, platos, fuentes y jarrones. Agnes decidió cómo debían distribuirse entre el aparador vacío del comedor y las alacenas de la cocina. Más tarde aparecieron los cuadros, pequeños paisajes iluminados con acuarela y retratos familiares en daguerrotipos ovalados. Los rostros de los que quedaron al otro lado del océano reavivaron la nostalgia y al mismo tiempo la alegría del reencuentro, aunque solo fuera en imagen.

Aquella tarde la casa fue adquiriendo una nueva identidad a medida que se poblaba de objetos inútiles y adornos anticuados pero cargados de recuerdos. El paragüero de bronce serviría indistintamente para recoger sombrillas y paraguas, porque en Saint Pierre era raro el día en que no caía un aguacero bíblico para dejar paso a un sol radiante unos minutos después.

Aunque se sentían infinitamente lejos de casa, al menos se encontraban entre los objetos que las acompañaron durante su vida anterior. Las prendas conservaban el olor de los viejos armarios, todo les traía recuerdos cálidos y las emocionaba. Solo se trataba de cosas que podrían haber comprado nuevas en la Martinica, incluso más bellas o más modernas, pero eran «sus cosas». La sensación de inadaptación se suavizaba contemplando lo que les había sido tan familiar durante años.

El último embalaje era el más pesado. Sansón hubo de esforzarse para arrastrarlo. Eran los libros. Julie tuvo que expurgar su biblioteca y elegir solo los que cupieran en una caja. Los Berard dieron prioridad a lo verdaderamente importante (a juicio de la madre: la vajilla, los cubiertos...), de modo que buena parte de sus libros se quedaron en Francia, en casa de amigos o parientes en forma de regalo de despedida o depósito hasta la vuelta. Pero los mejores estaban allí. Julie se estremeció al comprobar que la humedad había alabeado las tapas de algunos volúmenes y ondulado sus hojas. Debería haber sido más cuidadosa introduciendo bolsitas con arroz para conservarlos secos, pero al menos estaban allí, ninguno tenía moho ni se había desencuadernado por el transporte. Por último sacó un grueso cartapacio lleno de partituras que marcharon directamente hasta el atril del piano sin pasar por estante ni cajón.

La noche encontró la casa remozada y vestida. La familia Berard cenó, por fin, con los platos y las cucharas del ajuar de su boda, con la vajilla de gala que solo salía en Navidad y cuando llegaban visitas. Así celebraron aquella particular reaparición de personas y cosas.

—Ahora que tenéis vestidos —habló el padre—, no podemos aplazar más la visita al señor Clerc. Me insiste cada vez que me ve. Ya va siendo hora de que os hagáis vuestro hueco en la ciudad.

—Ay, Vincent, no sé si estaremos a la altura. ¿Has visto qué lujos gastan aquí las mujeres de la buena sociedad? No estamos acostumbradas a ese tipo de relaciones, seguro que se ríen de nosotras.

—No, por Dios. Acabáis de llegar del continente. Estas señoras, por más que sean ricas, admiran todo lo que viene de allá. Y además sois la esposa y la hija del jefe de la aduana. No lo olvidéis, aquí somos alguien; en Cherburgo no éramos nadie.

—No te equivoques, papá, somos los mismos. Lo importante de una persona es...

—Ya, hija. Entiendo lo que quieres decir. En efecto, antes éramos una familia unida y feliz y lo más importante del mundo es que sigamos siéndolo. Ojalá venga pronto tu hermano y podamos estar juntos, aunque sea por poco tiempo.

Todos se abrazaron y los ojos se humedecieron. Incluso Melas, que observaba la escena pendiente de recoger la mesa, tuvo que regresar a la cocina y llorar a moco tendido haciendo aspavientos.

—De acuerdo, papá —dijo al fin Julie—, te damos permiso para aceptar. Ahora tenemos ropa que ponernos, aunque vamos a sudar con ella como pavos en el horno.

—No os preocupéis, poco a poco iremos cambiando el vestuario. Me han hablado de una modista en la Rue Longchamps, pero todo a su debido tiempo. Dentro de poco llegará una compañía al teatro. ¿Qué os parece? Creo que traen *María Tudor*, de Víctor Hugo.

—¡Al teatro, sí! —exclamó Julie, entusiasmada.

—Decidido, pero tened en cuenta que allí os presentaré a mis conocidos y a sus familias y que el señor Clerc nos invitará formalmente a visitarlo. Me temo que lo menos importante en el teatro de Saint Pierre es la propia obra.

—Haremos el sacrificio y quedaremos como verdaderas damas, no te preocupes —sentenció la madre, poniendo punto final a la conversación cuando Melas retiraba los platos.

* * *

Los días pasaron con placidez caribeña. En aquel lugar nadie tenía prisa. Si un carruaje se atravesaba en medio de la calzada no se oían gritos ni blasfemias, los que venían detrás se sentaban a la sombra y esperaban charlando. Era la Martinica.

Una mañana, Julie reordenaba su pequeña pero selecta colección de libros. La estantería estaba ligeramente descolgada y después de tanto poner y quitar amenazaba con caerse de la pared. Al momento se presentó Sansón con una caja llena de herramientas y clavos. Habló con timidez, pidiendo permiso para entrar.

—Hola, Sansón. ¿O prefieres que te llame Louis, o Louis Auguste? Nunca te lo he preguntado. ¿Te molesta que te llame Sansón? Perdóname, por favor, si te he podido... —Se llevó las manos a la boca, como arrepentida de haber cometido una falta.

Aquel hombre, en sus casi treinta años de existencia jamás había oído una palabra amable de una señorita blanca. Realmente, ni amable ni áspera. Las mujeres blancas vivían en otro mundo alejado del suyo. Y, sin embargo, aquella niña, la hija del jefe de la aduana, no solo le hablaba con educación sino que le pedía disculpas. Él imaginaba que en la naturaleza de toda joven blanca estaba el menospreciar al servicio, sobre todo si era negro, como si fuese algo inevitable que formara parte de su ser igual que la estatura o el color de los ojos. Sansón miró a la muchacha con una extraña mezcla de vergüenza y asombro.

—¿Molestarme, señorita? ¿Cómo puede ser eso?

—Si te he llamado con un apodo que no te gusta, no tienes más que decírmelo.

Sansón guardó silencio, no sabiendo cómo responder a lo que para Julie resultaba totalmente natural. Al fin respondió, con una amplia sonrisa:

—Señorita, me llamo Louis Auguste Cyparis y creo que mi nombre completo ya es más de lo que mis patrones han sabido nunca de mí. No por discreción, sencillamente porque a nadie le importó nunca.

Julie le miró con un gesto de incredulidad que animó a Sansón a seguir hablando.

—Nací aquí, en Saint Pierre, pero mi madre era de Dominica. Ella nació esclava en una plantación de caña y luego, cuando la abolición, siguió viviendo más o menos igual que antes, es decir, pobre. Mi padre era del norte, de Caravelle, y tengo cuatro hermanas, todas casadas y con hijos, nueve sobrinos. Ese soy yo, para lo que precise de mí. Puede usted llamarme como guste, nadie me ha preguntado nunca cómo quiero que me llamen y menos aún una señorita blanca como usted. Si le agrada Sansón, a mí no me molesta, incluso me gusta porque parezco más grande y más fuerte de lo que realmente soy.

—Pues siendo así, por favor, no me vuelvas a llamar señorita, yo soy Julie.

—¡No! —exclamó poniéndose serio súbitamente—.

Eso no puedo hacerlo. Si yo la llamase por su nombre, en toda la isla creerían cosas indecentes. No puedo hacerlo, por favor, no me obligue.

Julie recordó que las reglas con las que se organizaba la sociedad de Saint Pierre nada tenían que ver con las que dejara en Cherburgo. Debía aceptarlas so pena de causarse problemas a sí misma y a quienes la rodeaban. Sansón era hijo de esclavos, y ella, una señorita que pronto conocería a los hacendados más ricos de la isla, a los antiguos amos de esos mismos esclavos. Aunque ella odiase diferenciar a las personas por su clase social o por el color de su piel, no podía desconocer aquellas normas básicas.

—Gracias por el consejo, Sansón, pero te pido que cuando estemos en casa y no haya nadie que pueda oírte, me llames Julie. Solo en la calle o delante de las visitas haz lo que creas conveniente.

—Conforme, señorita... quiero decir... Julie. —Y se detuvo escuchando el sonido de aquel nombre pronunciado por sus labios, como una oración nueva aprendida en la iglesia.

Tomó las herramientas y se volvió a la estantería. Arregló con pericia la tabla desclavada y observó como la joven colocaba cuidadosamente la hilera de libros.

—Ahora ya está todo aquí —dijo Sansón a modo de despedida.

—No todo. —Sonrió la joven—. ¿Sabes lo que más extraño?

—No lo sé... ¿a su novio?

Julie rompió a reír a grandes carcajadas.

—En el colegio Champagnard solo había chicas y monjas, no dejé ningún novio. —Y, cuando cesó la risa, añadió—: A quien de verdad echo de menos es a una gata mimosa y holgazana que se me enroscaba entre las piernas cuando caminaba por la casa.

—¿Una gata? —balbució Sansón, rompiendo también a reír.

—Sí, pero no una gata cualquiera, yo creo que era una marquesa entre las gatas.

—Pues descuide usted... Julie, que en la Martinica hay gatos que por lo menos son coroneles del ejército. Deje eso en mis manos.

Donde la tierra y Julie se estremecen al mismo tiempo

V

La compañía de teatro había desembarcado con sus baúles de vestidos y tramoya. Algún periodista local se quejó de todo aquel aparato. «¿Acaso creen que en Saint Pierre tenemos un mísero tablado?». El teatro municipal era el símbolo más elocuente del progreso de la ciudad. No tenía nada que envidiar a los más elegantes de cualquier capital de provincia del continente. El más mínimo comentario o incluso actitud que menospreciase el suntuoso edificio se consideraba una ofensa para la ciudad y la isla entera. «¿Qué se creerán estos comediantes? ¿Que deben traerse las butacas desde el continente?».

Madre e hija llevaban días entre dudas y desazones, pensando en qué ponerse para su presentación en sociedad. Y su mayor inquietud la causaba, precisamente, el no haber sido jamás un par de coquetas que solo se ocupan de la apariencia. Para Julie sería la primera vez que el vestido y el peinado eran realmente importantes y ni ella ni su madre sabían cómo actuar.

Todas las costureras de la ciudad estaban comprometidas desde hacía tiempo con las casas más principales, de modo que cuando Agnes y su hija creyeron necesarios unos arreglos en sus vestidos solo consiguieron los servicios de una modista como un gran favor de un comerciante conocido del señor Berard.

—¿No habría que bajarlo un poco? —preguntaba Julie.

—No, señorita —contestaba la muchacha, con los alfileres entre los dientes—. Así está bien.

—Verá... —intervino la madre— es la primera vez que acudimos al teatro en Saint Pierre y no sabemos si nuestra ropa será la adecuada. Seguramente usted nos podrá decir si es lo que se estila en la ciudad.

La modista, una mulata muy joven pero tremendamente diestra, se separó de Julie y la observó como si fuera un maniquí de tienda.

—Se nota que no son de aquí —se limitó a responder.

—¡Dios mío! —exclamaron desoladas.

—Pero no se apuren —añadió para tranquilizarlas—, en Saint Pierre, a las damas les gusta lucir más encajes, más colores y siempre llevan los brazos al aire, eso es como una ley no escrita. Nunca las verán ustedes con la manga larga.

—Yo creo que es más elegante, aunque dé calor —opinó la madre con timidez.

—Puede ser, pero entonces no se nota el vello.

—¿Cómo dices?—exclamó Julie, arqueando las cejas.

—Ustedes las del continente sí se lo pueden permitir, pero para una martiniquesa, lucir el vello es señal de que no tiene sangre negra, o en todo caso que tiene poca. Eso aquí es muy importante. Las hay, incluso, que se lo tiñen para que sea más oscuro. En cuanto vean sus mangas largas todas sabrán que vienen de Francia. Además, se dice que las señoritas de París van siempre de entierro, sin colores. Sus vestidos sin estampados se consideran muy tristes. Pero son buenos, muy bien cortados. No van a desentonar. Con el tiempo se acostumbrarán a la moda de la Martinica, nadie las va a criticar por su ropa, no se preocupen. Además, para eso estoy yo aquí.

Y sin esperar respuesta, se abalanzó sobre un pliegue descolocado del vestido de Julie en el que tenía la vista fija mientras hablaba.

Cuando llegó el gran día, limpiaron las joyas, airearon los vestidos y sacaron del fondo de un cajón los polvos y las pinturas para la cara. Agnes vistió a Julie y esta, luego, a su madre. Melas trataba en vano de ayudarlas, esforzándose en compensar su poca experiencia con una graciosa verborrea en francés criollo.

El padre llamó con cautela, como si una interrupción pudiera causar alguna desgracia en aquella delicada operación.

—Espera, papá, que ya salimos —respondió Julie desde el interior del cuarto.

Vincent Berard aguardó estoicamente sus buenos veinte minutos hasta que al fin se abrió la puerta.

¿Cómo era posible que su mujer y su hija pudieran haberse convertido en dos damas de sociedad, una emperatriz y una princesa a los ojos de un marido y un padre? Atónito, dio por buenos los francos pagados a la modista, a la peluquera y en el alquiler del landó descubierto que las esperaba en la entrada.

Melas acompañó a la familia hasta el pie del carruaje y Sansón, obligado a llevar chaqueta, se subió en el pescante con el cochero.

En una ciudad tan pequeña hubieran podido pasear tranquilamente hasta el teatro, pero una familia de su posición —aseguraba Vincent— no podía llegar andando entre toda la gente en un día como aquel. Por suerte, las casas importantes poseían sus propios coches de caballos, de modo que no fue difícil encontrar uno disponible.

Llegaron cuando apenas quedaban unos minutos para que se alzara el telón. Se acomodaron en sus butacas y saludaron con la mirada a algunos conocidos y a muchos desconocidos.

En ese mismo instante, desde la esquina de uno de los palcos mejor situados, un par de jóvenes vestidos con trajes impecables cuchicheaban y se distraían mirando a las mujeres del patio de butacas con unos pequeños gemelos.

—Lo mejor de estar tan altos —decía uno de ellos— es que los escotes se pueden mirar «en todo su esplendor».

—Eres un poeta, amigo mío —añadía el otro.

—En el continente no hubiéramos encontrado semejante exposición de bellas artes sin pagar una buena fortuna, y no me refiero a un museo, ya me entiendes.

—Pero las martiniquesas son especiales. Aquí les gusta lucir sus encantos. Mira aquella, la del abanico.

—¿Dónde?

—En la... uno, dos, tres... cuarta fila, a la derecha.

—Vaya. ¿Cómo se me pudo haber pasado?

A pesar de que la obra daba ya comienzo, los dos jóvenes no dejaban de susurrar sin prestarle atención.

—Veo pocas novedades. Creo que sería capaz de reconocer a cada chica por su escote.

—Entonces, te conformas con poco. Yo te podría describir con bastante detalle lo que hay más allá.

—Desde luego, Alphonse, si fuera verdad la mitad de lo que fanfarroneas, habrías tenido entre tus brazos a todas las chicas de las Antillas. Pero alguna se te ha escapado, no me lo niegues.

—Bah, alguna institutriz estirada.

—Vamos, vamos. ¿Te olvidas de Isabelle? Con ella no pudiste y creo que todavía te escuece el fracaso.

—No creas, es como una picadura de mosquito. De vez en cuando molesta, pero en poco tiempo se pasa.

—¿Qué es lo que más te dolió? ¿No seducirla o que eligiera al hijo de Guèrin?

—¿Orgullo de familia? No, eso no va conmigo. La verdad es que era un poco mojigata.

—¿Tú crees? ¿Conoces la fábula de la zorra y las uvas?

—Encontró un bobo como ella, un hombre de los que aceptarían incluso morir a su lado cuando les llegue la hora.

—Dales tiempo, Alphonse, que solo llevan tres meses casados y tú, desde entonces, no levantas cabeza. Pero Isabelle era de Poitiers. Con las continentales siempre has tenido dificultades. Al principio les atrae la galantería de los isleños, pero a la hora de la verdad... salen corriendo. Las martiniquesas son más de fiar.

—Quizá sus maridos no estuvieran de acuerdo.

—No, claro... si los cuernos fueran reales, a partir de la tercera fila no se vería el escenario.

—¡Jajaja! —Se oyó una carcajada por todo el teatro.

De inmediato, un caballero que ocupaba el otro extremo del palco se dirigió al chico en voz baja.

—Alphonse, si no sabes comportarte en el teatro, márchate a la taberna. Déjanos tranquilos y no nos avergüences más.

—Perdona, papá. Es que los actores lo hacen tan mal que parece una comedia más que un drama.

Durante unos minutos los dos jóvenes guardaron silencio, pero no tardaron en retomar su conversación.

—Te hago una apuesta.

—Aceptada de antemano.

—No, no tan deprisa. Me han dicho que el nuevo jefe de la aduana tiene una hija muy bonita.

—Bah. Será una chiquilla.

—¿Una chiquilla? ¿Desde cuándo te ha importado la edad?

—No, por favor. Luego se enamoran y se ponen pesadísimas con las cartas y las poesías. El romanticismo me aburre cada vez más. Prefiero a las casadas. Esas callan por vergüenza y saben muy bien cómo hacer feliz a un amante. La experiencia es un gran mérito en estos asuntos.

—Pues creo que en este caso podrás hacer una excepción. Mírala. Creo que es aquella. Sexta fila a la izquierda. La del vestido oscuro y el pelo recogido.

—A ver, a ver... —enfiló sus binoculares hacia las coordenadas—. Pues tienes razón. Parece bonita. Claro, es la única que no lleva escote, así que habrá que imaginar, pero es alta y muy esbelta... ahora que mira de perfil... sí, es verdaderamente guapa y no es una niña, no.

—Es una mujer de veras. De las que te gustan.

—Me gustan todas, como a ti.

Ambos retuvieron nuevamente la carcajada, que se quedó apagada con el dorso de la mano.

—¿Una apuesta me decías?

—Estoy seguro de que esta también se te escapará.

—No lo sé. Me parece que se puede intentar.

—Si no la seduces, la próxima noche en casa de Mariette corre de tu cuenta.

—Lo que eres capaz de tramar para no abrir el bolsillo. Te has gastado el dinero de tus padres, pero conservas el ingenio.

—Por eso eres mi amigo, Alphonse. ¿Qué harías sin mí?

Ajenas a aquella conversación, Agnes y Julie tampoco prestaban demasiada atención a la obra. Se trataba de un drama histórico bastante exagerado y pasado de moda, el teatro de Víctor Hugo no les gustaba especialmente aunque sus novelas sí tenían un lugar en la estantería. Ambas estaban impacientes por que llegara la hora del entreacto. Entonces se representaría la verdadera función.

Al caer el telón se levantaron con falsa calma y salieron al vestíbulo, donde brillaban dos grandes lámparas de cristal. La electricidad había llegado a la Martinica no hacía mucho tiempo y aquel derroche de iluminación, casi con arrogancia, era una muestra más de esplendor.

—Vaya, señor Berard —exclamó un caballero—, por fin nos honra con su presencia y con la de estas dos encantadoras damas.

—Oh, querido Lenoble, qué placer encontrarle. Permítame presentarle a Agnes, mi esposa, y a Julie Patrice, mi hija.

Esta escena, casi con las mismas palabras y los mismos besamanos, se repitió una docena de veces en unos pocos metros cuadrados. La mayoría de las familias pertenecían a la aristocracia local, un puñado de apellidos que dominaban la isla desde hacía generaciones. Ellos poseían la tierra, las plantaciones de caña, los ingenios y las destilerías, incluso muchos eran dueños de hermosas embarcaciones de recreo que ponían gentilmente a disposición de los Berard.

Con un gesto casi imperceptible, Vincent avisó a su esposa.

—Monsieur Clerc.

—Qué sorpresa, amigo Vincent. Al fin conocemos a tu encantadora esposa y a tu preciosa hija. ¿Qué tal en nuestra isla? ¿Se encuentran cómodas? ¿Echan algo en falta? Si es así, no tienen más que decírmelo. Estoy enteramente a su disposición.

Se trataba del hombre más poderoso de la Martinica y seguramente de todas las Antillas francesas. Rico hasta el extremo, se mostraba, sin embargo, afable y obsequioso, aparentando ignorar que el sueldo del jefe de la aduana en todo un año equivalía a la ganancia de una sola operación en bolsa de sus agentes en París. Pero, verdaderamente, el señor Clerc era un caballero a la vieja usanza.

Después de unas frases corteses, el señor Berard quiso abrir una conversación con algo más de sustancia y preguntó:

—Se comenta que vas a presentarte como senador esta vez.

—Me lo piden y me resisto, aunque voy a tener que ceder. Eso de tener como representante en la Asamblea Nacional a un hombre que jamás ha pisado estas tierras no ha sido nuestra mejor decisión. No podemos reprocharle nada al honorable Gilbert, pero todo se ve muy distinto desde la otra orilla del mar. Eso lo sabes bien, amigo mío. Estoy seguro de que nadie va a trabajar por la prosperidad de la isla si nosotros mismos no nos ponemos a la cabeza.

Cuando empezaron a hablar de política, la esposa del señor Clerc se llevó aparte a Agnes mientras la hija pequeña del terrateniente se dirigía a Julie.

—Ven —la cogió de la mano—, voy a presentarte a mis amigas.

En un instante, Julie se vio rodeada de niñas mucho más jóvenes que ella, algunas apenas adolescentes. Las muchachas de su edad estaban más cerca de su madre, en su papel de mujeres casadas. Julie era una especie rara en la isla, casi una solterona a pesar de sus pocos años, recién salida del colegio, aunque aquello resultaba habitual en las familias desplazadas desde la metrópoli.

—¿Qué se lleva esta temporada en París? —le preguntaron varias chicas, atosigándola.

—¿Se siguen usando esos sombreros tan estrechos? A mí me quedan fatal —terciaba otra.

—Claro, con esa carota tan ancha... —contestaba una tercera, desdeñosa.

—Dicen que en París han abierto una boutique maravillosa, en la Place Vendôme. ¿La conoces?

Todas aquellas niñas impertinentes parecían obsesionadas con la moda y, sobre todo, con París. Julie estuvo tentada de confesar que ella venía de una húmeda ciudad portuaria en un extremo de Normandía, sobre el Canal de la Mancha, y que solo había ido una vez a la capital en compañía de sus padres.

—Uf, París... —respondió, tratando de ser evasiva—. Si dejas una semana entre visita y visita no la reconoces. Todo cambia tan deprisa...

Llovieron más preguntas, más opiniones y alguna afirmó haber estado allí y conocer la Ciudad de la Luz mejor que la propia Saint Pierre. Julie se limitó a sonreír buscando alguna respuesta creíble a las cuestiones más comprometidas sobre perfumes y el corte de la ropa de aquella temporada.

De pronto, el grupo de niñas se estremeció, muchas se ruborizaron y alguna se quedó pálida. Llegaba Alphonse, el hijo mayor del señor Clerc, el soltero más codiciado de la isla y al mismo tiempo el «calavera» más afamado. El número de corazones que había roto solo se podía comparar al número de narices que había roto también en peleas de taberna. A pesar de constituir la pesadilla de su padre, era el sueño de todas las chicas solteras de la colonia. Verdaderamente era un joven atractivo, alto, bien parecido, con la piel tostada por el aire del mar y una simpatía natural que engatusaba a las ingenuas y a las prevenidas. A ello sumaba el brillo de su apellido y el de la plata de su fortuna. ¿Quién podía resistirse a su encanto? Él lo sabía y no se esforzaba en ocultarlo.

Las chicas se apartaron, alguna quiso hablarle pero él no le dirigió la mirada.

—¿Te están molestando las niñas? —preguntó con galantería.

—No... no, por supuesto —respondió Julie sin saber a qué atenerse.

—Es mi hermano, Alphonse —aclaró triunfal la hija de los Clerc.

—Ah, bien, encantada... yo soy Julie Patrice Berard.

—Bienvenida a la Martinica, Julie Patrice Berard. Qué gran suerte para todos verte aquí. Mucho me habían hablado de tu padre, si me permites que te tutee.

—Claro, claro... —se azoraba.

—Pero no imaginábamos que lo fuera de una dama tan encantadora.

Las chicas miraban la escena con distintas expresiones, unas con melancolía, otras con envidia y no pocas con resentimiento. En la biografía de Alphonse Clerc estaban anotados los nombres de muchas de ellas y siempre terminaban el breve renglón de su historia con un punto y aparte lleno de espinas.

—Espero que mi padre os invite pronto a visitarnos. Somos unos anfitriones pésimos si ya lleváis aquí varias semanas y no os hemos ofrecido todavía nuestra casa. Estoy seguro de que mi madre, ahora mismo, está enmendando ese error. ¿Vendrás?

—Yo... no lo sé, depende de....

Los ujieres dieron los avisos de rigor anunciando que la función continuaba. Alphonse Clerc miró a Julie al fondo de los ojos y, sin apartar la mirada, se llevó su mano a los labios y le depositó un beso sobre el dorso. Julie se quedó desconcertada mientras Alphonse se alejaba con una sonrisa radiante, hasta que su madre la tomó del brazo para llevarla dócilmente a su butaca.

La verdadera obra de teatro ya había concluido. ¿Cuál había sido el resultado de su primera «exhibición»?

El padre repasaba la lista de los que había saludado, recordando con qué palabras y actitudes, y se preocupaba por localizar entre el público, con discretos movimientos de cabeza, a los que aún le faltaba por cumplimentar. Agnes, la madre, sencillamente se sentía fastidiada, la conversación con las damas elegantes de Saint Pierre había sido tan insustancial, tan llena de trivialidades que se angustiaba al imaginarse los próximos años formando parte, a la fuerza, de aquel grupo de chismosas o encerrada en casa sin amigas, como una ermitaña. Trató de prestar atención a la obra y olvidarse de todo lo demás.

Sin embargo, Julie no sabía qué pensar. Aquel chico le pareció tan galante... nunca antes se había sentido tratada con aquella deferencia. ¿Eran así todos los jóvenes de la Martinica? ¿Era aquella la proverbial hospitalidad de las Antillas? Se encontraba totalmente confusa, con una extraña mezcla de sentimientos entre el orgullo y la desconfianza. No se atrevió a volver la cabeza hacia el palco de los Clerc, pero imaginaba que durante toda la representación Alphonse la estaría observando e incluso creyó sentir aquella mirada haciéndole cosquillas detrás de su cuello.

En efecto, de nuevo desde el palco los jóvenes dirigían los prismáticos hacia ella.

—Eres un genio, Alphonse. No dejarás de sorprenderme.

—Ya te veo pagando la apuesta, está ganada. ¿Te das cuenta de que no ha girado la cabeza?

—Le da miedo comprobar si la estás mirando. Si acaba la función y no se ha vuelto ni una sola vez, la chica es tuya. Esa señal nunca falla.

Entre tanto, una actriz recitaba su texto en el escenario:

—*El Támesis baña el pie de la Torre por este lado. Hay allí una salida secreta que he encontrado. Llevemos una barca a esa puerta y la huida será por el río. Es lo más seguro.*

—*Imposible tener un barco antes de una hora.*

—*Es demasiado tiempo.*[*]

En ese instante, la lámpara del teatro empezó a temblar haciendo tintinear todos sus cristalitos. Una ligera nube de polvo cayó desde las molduras del techo y el decorado de tela osciló durante unos segundos. La tierra se estremecía.

Aunque el público, acostumbrado, no le dio mayor importancia, los actores se quedaron paralizados de terror. ¿Qué estaba ocurriendo?

Nadie se movía en el escenario, sin saber si debían retirarse, suspender la función y evacuar el teatro o, sencillamente, seguir actuando. Miraban hacia un lado al director de escena, que se encontraba tan confuso y tan asustado como ellos. En ese momento, una voz del público exclamó, riendo:

---

[*] Víctor Hugo, *María Tudor*. Acto segundo. Escena cuarta.

—¿Y vamos a tener que esperar toda la hora a que llegue el barco?

La sala estalló en carcajadas y los actores recuperaron el aliento para continuar la función, aunque, según se dijo después, declamaron sus frases con más velocidad de lo que requería la solemnidad de la obra.

A la salida, después de nuevas presentaciones y parabienes, Julie buscó a Alphonse con la vista, pero los últimos saludos a las últimas familias le impidieron despedirse del chico como hubiera deseado, al menos con un cruce de miradas y una sonrisa.

—¿Os habéis asustado por el temblor? —preguntó una mujer entre las consabidas frases de cortesía.

—Sí... un poco.

—No os preocupéis, es el Mont Pelée, que suele dar así la bienvenida a los visitantes. Estamos habituados, ya os acostumbraréis vosotras también, es como un padre gruñón al que no hay que hacer demasiado caso.

—Entonces —sonrió Julie mirando a su padre—, sabremos a qué atenernos, descuide. Gracias por el consejo.

El coche hubo de esperar su turno en la larga fila para recoger a la familia. Sansón acompañaba al cochero, cuyo aliento a ron le precedía varios metros, pero el viaje de regreso fue rápido y sin contratiempos.

—¿Qué os han parecido? —quiso saber el padre, un poco ansioso.

—Muy amables —contestó Agnes—. Son personas muy educadas, a veces diría que demasiado.

—No, nunca se es demasiado atento. ¿Y tú, Julie? ¿Qué piensas?

—Eso mismo. Son muy corteses, pero de una forma como la que aparece en las novelas, que yo imaginaba que ya no existía, o incluso que no había existido nunca.

—Pues ya ves que aquí las buenas familias tienen modales como los de antes. No ha llegado la relajación de costumbres que dejamos en el continente. Los hijos respetan a los padres y veneran a los abuelos. Así tendría que ser en todas partes sin que hiciera falta llegar a una isla en el fin del mundo para recordarlo. Además —sonrió—, parece que conociste al hijo de Monsieur Clerc.

Julie titubeó un poco.

—Ah, sí... Muy gentil, también.

—Me parece extremadamente agradable. Un caballero como su padre. Creo que va a ir pronto a Francia a estudiar.

—¿No es demasiado mayor para empezar ahora los estudios? —añadió la madre un poco escamada.

—Puede ser. En todo caso, me parece un joven que hubiera hecho buena amistad con nuestro hijo. Son de la misma edad.

Julie prefirió no seguir aquella conversación que la incomodaba, aunque en el fondo quisiera haber sabido muchas más cosas sobre aquel chico que la había deslumbrado con solo un par de frases, una mirada y un beso en la mano.

Cansadas, deseando quitarse aquellos pesados vestidos y lavarse la cara con agua fresca, bajaron del coche y entraron en casa.

—Señorita Julie —dijo Sansón antes de que traspusiera el umbral—, tengo algo para ti.

—¿Ahora? ¿Para mí?

—Sí. Es una sorpresa. Aguárdame.

Corriendo como un niño entusiasmado, entró en un pequeño cobertizo de aperos. Al instante volvió con un enorme gato anaranjado en sus brazos.

—¡El Coronel! —dijo con voz triunfante.

Julie miró aquel animalote, grande como un perro y con cara de pocos amigos.

—¡Vaya gatazo! ¿No será un león al que has rapado la melena?

El criado vio la expresión de Julie, decepcionada, dudando cómo aquella bestia con apariencia de un gato y el tamaño de tres podría reemplazar a su pequeña y mimosa gata normanda.

—Julie —habló Sansón adoptando un tono serio—, coge el gato, dale de comer y hazlo tuyo. Aquí es importante tener gato y cuanto más grande mejor. En todas las casas hay por lo menos uno y no creas que ha sido fácil conseguir este, que es de los buenos. Ya sabes...

—¿Por los ratones?

—No, señorita, por las serpientes.

—¿Cómo dices?

—Sí, Julie. En la Martinica hay gatos grandes y serpientes grandes con veneno. —Y abrió los brazos para dar a entender que los reptiles medirían un metro y medio—. Las llaman «cabeza de lanza». Solo las hay aquí, en ninguna otra isla. Cuando una serpiente ve un gato, no entra en la casa porque les tienen miedo. No hacen el menor caso a los perros, pero las serpientes y los gatos de la Martinica llevan siglos manteniéndose a raya. No es normal que las serpientes bajen de las montañas, pero a veces ocurre. Hazme caso y no lo dejes, quizá algún día me lo agradezcas. Cógelo, por favor.

Aquella noche la joven Julie tardó en dormirse. ¿A qué extraño lugar habían llegado? Una isla maravillosa, llena de flores y colores brillantes, habitada por caballeros de cuento pero también por serpientes venenosas y asentada sobre un volcán que hacía temblar la tierra. En efecto, así era la Martinica en el año 1902.

Donde se cuenta cómo Marcel y Julie se encontraron gracias al troyano Eneas

VI

La *Rosaline* regresaba a Saint Pierre desde el norte. En lugar de la habitual singladura desde Santa Lucía hasta Fort de France, un cargamento les hizo cambiar el sentido de su ruta y llegar a la Martinica por la vía que solían usar para salir de ella. En vez de la costa amable y casi plana de las inmediaciones de Fort de France, salpicada de casas y hermosas playas, al despuntar el alba se toparon con la pared vertical del Mont Pelée cayendo a pico sobre el océano, excavando valles encajados que terminaban en pequeñas calas deshabitadas y rocas abarrotadas de pájaros. Todo era verdor, un bosque espeso plagado de sonidos inquietantes, como si advirtieran que aquella parte de la isla no era propiedad del género humano. Solo una de aquellas ensenadas tenía nombre escrito en las cartas de navegación, la «Bahía de la culebra».

Las olas rompían con violencia contra el islote de la Perla, una roca redonda y cubierta de flores que Marcel identificaba en su imaginación con la lejana Ogigia, la isla donde la ninfa Calipso retuvo a Ulises durante los siete años que él creyó solo siete días, tan fugaz parece el tiempo para el que ama mientras el amor no se transforma en sufrimiento:

El hijo de Laertes que habita en Ítaca. Lo vi en una isla derramando abundante llanto, en el palacio de la ninfa Calipso, que lo retiene por la fuerza. No puede regresar a su tierra, pues no tiene naves provistas de remos ni compañeros que lo acompañen por el ancho lomo del mar.*

Siguieron bordeando la costa hasta divisar las alturas de Le Prêcheur, con su pequeño faro, el primer puesto avanzado de la civilización. A partir de allí se abría la acogedora ensenada de Saint Pierre.

La goleta maniobró con elegancia y echó el ancla. Marcel bajó en la chalupa en compañía de dos marineros. El patrón y el segundo delegaban esas tareas burocráticas en el «chico que nunca se queja y que lee libros». Mientras remaban, recordaba la desagradable escena en casa del jefe de la aduana.

—Si fuera un tipo rencoroso podría retenernos el permiso de atraque. Ojalá no esté en la oficina, como la última vez, y pueda solucionar los asuntos con el ayudante de siempre —hablaba consigo mismo mientras buscaba los documentos en el fondo de su bolsa de hule.

Marcel se abotonó la chaqueta y abrió la puerta

---

* Homero, *Odisea*. Canto IV.

del pequeño edificio. Se dirigió a un hombrecillo que ordenaba unos ficheros.

—Buen día, François. ¿Me atiendes tú o está el jefe?

—Hola, Marcel. ¿Ya llegó la *Rosaline*? Bienvenido. ¿Cómo estaba la mar?

—Algo picada, no creas. Y hemos visto por levante unas nubes de muy mala catadura.

El funcionario le tendió la mano como a un viejo camarada.

—Hoy no te puedo sellar el permiso, tienes que hablar con el señor Berard. Está arriba, pero creo que sigue con el capitán del *Roraima*. Llevan casi una hora. Estos americanos son unos verdaderos pelmazos.

—El bibliotecario de Fort de France hubiera añadido que también son malos navegantes, sin vapor no sabrían mover ni un bote, y unos pésimos escritores. Habrá que esperar, mala suerte. Gracias, François, un saludo a los compañeros.

—De tu parte, Marcel.

Un tanto contrariado y con más inquietud de lo que hubiera deseado, Marcel subió la escalera hasta el piso de la oficina principal. Ante el despacho, en una pequeña sala de espera, encontró lo que nunca hubiera imaginado en aquel lugar. Una joven encantadora vestida de azul celeste, acompañada de una mulata.

—Debo de haberme equivocado —dijo con una sonrisa y fingiendo mirar con atención las paredes del cuarto—. Creía que esto era el despacho de la aduana.

—Lo es, señor —contestó ella con una sencillez no exenta de coquetería.

—¿Y están esperando un permiso de desembarque?

—No, claro que no. —También Julie rompió a reír tapándose la boca.

—Monsieur Berard está ocupado —intervino la criada con gesto agrio.

—Siéntese, espero que no tarde —añadió la chica en tono más amistoso.

La mulata gruñó de forma bien audible. Su obligación era acompañar a la señorita por la ciudad, no dejarla sola y menos aún permitir que hablara ¡y sonriera! a un *matelot*, un marinerillo de tres al cuarto.

Marcel retrocedió un paso, temiendo que la mujer le fuera a dar un puntapié, y se sentó en el banco que estaba enfrente. Sacó los documentos de la bolsa y volvió a revisarlos. Todo estaba en orden: la lista de tripulantes, la relación de la carga, los certificados de las cuarentenas..., pero no podía dejar de mirar disimuladamente a aquella muchacha aún más blanca que él. Se notaba a la legua que era del continente. ¿Qué haría allí? Entonces algo atrajo su atención más que la propia figura de la joven. Entre sus manos sostenía un grueso libro. Su título estaba grabado en grandes letras doradas, solo una palabra. *Eneida*.

Marcel dio un respingo y Melas se puso en guardia. Julie alzó la mirada.

Sin pensar siquiera, Marcel empezó a recitar:

*Canto las armas y a ese hombre que, de las costas
de Troya
llegó el primero a Italia, prófugo por el hado y a las
playas
lavinias, sacudido por mar y por tierra por la violencia
de los dioses a causa de la ira obstinada de la cruel
Juno.*

Atónita, Julie retrocedió en el libro hasta la primera página y continuó leyendo donde Marcel se había detenido:

*Tras mucho sufrir también en la guerra, hasta que
fundó la ciudad
y trajo sus dioses al Lacio; de ahí el pueblo latino
y los padres albanos y de la alta Roma las murallas.*[*]

Sin más preámbulo, Marcel se levantó de su asiento:

—Buenos días, perdón por no haberme presentado, soy un patán. Me llamo Marcel Hollister. Viajo en la *Rosaline*. Hacemos quincenalmente la ruta de Montserrat, Guadalupe, Dominica, Martinica, Santa Lucía y en ocasiones llegamos hasta Granda o incluso Barbados.

—Encantada. —Le tendió la mano a pesar del bu-

---

[*] Virgilio, *Eneida*. Canto I.

fido de Melas—. Yo soy Julie Patrice (evitó decir su apellido... ¿por qué?). Encontrar aquí al tripulante de un navío no es nada extraordinario, pero a alguien que conozca los primeros versos de la *Eneida* sí que ha sido una sorpresa.

—Tanto como, para mí, hallarla a usted aquí y con ese libro entre las manos.

—Oh, perdón. Le presento también a Melas, mi amiga.

Desconcertada por aquel tratamiento, incluso por haber tenido parte en aquella conversación en lugar de quedar reducida a la categoría de simple mueble, la mulata tendió la mano al marinero.

—¿Siempre lee usted ese tipo de literatura? —preguntó Marcel.

—No, pero con frecuencia regreso a ellos cuando las últimas novelas me han dejado insatisfecha. Lo cual ocurre cada vez más a menudo, me temo.

—En efecto, estos nunca fallan. Cuando navego siempre llevo tres libros: un clásico, una novela y un libro de poesía.

Julie sonrió, incrédula.

—No es mala compañía.

Marcel supo leer la expresión y de inmediato tomó su bolsa, la revolvió unos instantes y extrajo un pequeño volumen, no mayor que la palma de la mano.

Oh, tristísima Ofelia, bella como la nieve
muerta cuando eras niña, llevada por el río.

Y es que los fríos vientos que caen de Noruega
te habían susurrado la adusta libertad.*

—No me mentías, entonces —Julie se atrevió a tutear al marinero.
—¿Qué ganaría con hacerlo? No tengo por costumbre mentir, la mentira se vuelve siempre contra el que la pronuncia. Es como echar los desperdicios del barco de cara al viento, si me permites la comparación.
—Así que eres un marinero que lee a Virgilio y a Rimbaud.
—Me alegro de que lo hayas reconocido.
—Sí, ¿cómo no? Tuve que dejar casi toda mi biblioteca en el continente y este es uno de los que más extraño.
—Te lo regalaría ahora mismo, pero me temo que no es mío.
Un nuevo gesto de incredulidad se pintó en el rostro de Julie.
—Veo que sigues sin creerme. Mira.
Le entregó el libro abierto, mostrando en el interior de la cubierta el sello de tinta impreso.
—«Biblioteca Schoelcher. Fort de France». Ignoraba que hubiese una biblioteca en la isla, aparte de la del liceo para los alumnos, claro.
—¿Cómo? ¿Acaso no la conoces? Es magnífica. No hablo ya de la colección de libros, que es infinita. Di-

---
* Arthur Rimbaud, *Ofelia*.

ría que es el lugar más singular de la Martinica. A su lado —bajó la voz—, el teatro de Saint Pierre es una caja de fósforos sin ninguna gracia.

Marcel describió la belleza de aquel edificio con todos los detalles que alcanzaba su memoria: los dorados, las molduras, su apariencia exótica y lujosa, hasta desconcertante, como una planta cuajada de flores en medio de un yermo.

—Cuando llegamos —recordó Julie— pasamos de madrugada por Fort de France. Mi padre hace gestiones allí con cierta frecuencia, pero yo no he ido todavía. Le pediré que me lleve la próxima vez y así podré visitar la biblioteca. Ardo de impaciencia después de saber que está tan cerca, tan al alcance de la mano.

—¿Quieres que te consiga algún libro? Yo voy mañana a Fort de France y volveremos en un par de semanas con un cargamento. Si quieres te traigo lo que desees y al regreso me lo llevo para devolverlo.

Melas asistía a la conversación sin saber si debía intervenir o permanecer callada, si aquella familiaridad entre su señorita y un marinero, ante la misma puerta del despacho de su padre, podría traerle algún disgusto en forma de reprimenda. Pero después de haber recibido el título de «amiga» creyó que no debía ser demasiado estricta y dejar a la muchacha que hablara tranquilamente, eso sí, sin bajar la guardia.

—¿De veras puedo pedirte eso?
—Claro.
—¿Y si luego no te los devuelvo…? —le probaba.
—Los tendría que pagar, mala suerte. Sería mi cas-

tigo por fiarme de un bicho raro, de los que leen la *Eneida* en el despacho del aduanero. Pero es un riesgo que no me importa correr. Es mi oficio.

—¿Correr riesgos?

—Al menos afrontar los inevitables y aceptarlos cuando vienen de frente, como los temporales. A veces los encuentras en alta mar y debes saber capearlos. No queda otro remedio.

—Vaya, me comparas con un vendaval —añadió ruborizándose mientras Melas empezaba a fruncir las cejas.

Marcel no quiso seguir por aquel camino y ser prudente.

—¿Qué prefieres? Elige unos libros y, si están disponibles, cuando regrese la *Rosaline* los tendrás en tus manos.

—Es una decisión difícil.

—Déjate ayudar.

—No. Eso me corresponde a mí. —Cerró los ojos y se mordió el labio. Parecía un niño en una confitería obligado a escoger solo un dulce delante de los globos de cristal—. ¡Paul Verlaine! —exclamó—. Sí. Empecemos con él.

—De acuerdo. —Marcel hizo memoria—. ¿Los *Saturnianos*? ¿La *Primavera*?

—En eso sí te dejo elegir —añadió con coquetería.

—Pues tomo nota del encargo.

En ese instante se abrió la puerta. Un hombre de color sonrosado y pelo pajizo salió del cuarto despidiéndose del señor Berard en un francés lamentable, al que el señor Berard quiso contestar en un inglés aún más desolador. Aquella era la jerga de todos los puertos del océano.

—Hija, ¿estás aquí? No sabía que me esperabas. —Pero cuando avanzó hacia ella se dio cuenta de que Marcel aguardaba sentado en el otro extremo de la sala.

—Oh, perdón, no me di cuenta. Pase, por favor.

—No se preocupe. —Se puso en pie, desconcertado por el tratamiento de «hija» que había dado a la muchacha. Claro, ¿qué si no podría estar haciendo una chica así en un lugar tan inapropiado?—. No hay prisa, puedo esperar —añadió.

—No, insisto. Primero la obligación.

Marcel caminó hasta el despacho mirando a la joven, que sonrió con timidez cuando pasó junto a ella.

—Veamos —dijo el señor Berard una vez que cerraron la puerta—. La goleta *Rosaline*. ¿Lo trae todo?

Marcel extrajo ordenadamente los documentos evitando mirar a la cara al jefe de la aduana, deseando con todas sus fuerzas que no lo reconociera y lo asociara al incidente con Sansón. El aduanero leyó en voz baja la relación de carga y miró por encima la lista de tripulantes. Comprobó unos datos en su registro y finalmente plantó una firma al pie del permiso.

—Todo en regla. Que tenga un buen día.

Marcel se apresuró en salir del despacho dando las gracias.

«Qué suerte», pensaba. «Seguro que estaba tan pendiente de sus cajas que no se fijó en mí. Menos mal...».

En la antesala, Julie esperaba leyendo.

—¿Ya? Has tardado poco.

—Sí, ha sido breve. Un trámite nada más. Hasta la vuelta.

Y se precipitó escaleras abajo, temiendo que la memoria del señor Berard fuera de efecto retardado. Julie le vio bajar de aquel modo tan desabrido, casi sin despedirse, y su rostro se entristeció.

—Hija. ¿Qué tal? ¿Trajiste lo que te dio tu madre?

—Sí, papá, aquí lo tienes. —Melas le entregó un envoltorio.

—Nos vemos a la hora de comer.

—No tardes, papá.

—Descuida, es lo más importante que voy a hacer en todo el día.

Unos minutos después salieron del edificio de la aduana. Apenas pusieron el pie en el muelle cuando oyeron la voz de Marcel.

—Perdón... creo que me marché sin despedirme.

Julie sonrió y Melas arrugó los labios.

—Sí, saliste casi corriendo. Tú sabrás qué ha ocurrido allí dentro, pero puedo asegurarte que el señor Berard no se come a nadie.

—Claro, viniendo de la señorita Berard...

—Sí —rio tapándose la boca—, es mi padre.

—Entonces —se atrevió a continuar Marcel—, espero que llegaran bien todas las cajas que trajimos en el viaje anterior. Eran muchas y tuvimos cuidado al estibarlas. ¿Recibisteis todo sano y salvo?

—¿Las trajo tu barco? Entonces —fingió enfadarse— debo decir que un hombre de tu tripulación se merece una buena reprimenda. Menos mal que Sansón, que trabaja en nuestra casa, le supo poner en su sitio. Menudo alboroto formó en la puerta. No sé qué pasaría.

Marcel dudó si contestar o no. Acabaría por arrepentirse de sus palabras, pero no pudo reprimirlas. Lo que había tratado de ocultar ante el padre le quemaba en los labios ante Julie. ¿Por qué?

—Realmente no fue nada, tan solo que nadie quería firmar el recibo de la mercancía y nosotros no habríamos cobrado el porte. Me hubieran despedido, nada más. Porque debo añadir que ese hombre de la tripulación era yo.

—¿Tú? —Julie no sabía cómo interpretar aquella confesión, entre orgullosa y vergonzante.

—Supuse que lo traería un marinero... y he pensado que tú eras el capitán.

—Oh, no. Algún día. —Marcel bajó la mirada—. Quiero estudiar en la Escuela de Marina Mercante, pero para eso hay que ahorrar muchos años. Ahora me conformo con ser algo así como un contramaestre y hacer todo lo que sea necesario a bordo. En un buque tan pequeño eso de los cargos es muy discutible.

—¿Y quisiste plantarle cara a Sansón? ¿Estás loco? —Julie trataba de contener la risa.

—Antes que perder mi trabajo me hubiera enfrentado al mismísimo Sansón de la Biblia con todos los filisteos detrás.

—Sansón solo hacía lo que le habían mandado. Él también se hubiera puesto delante del ejército del faraón para cumplirlo. Menos mal que no llegó a más. ¿No os pegasteis, verdad?

—No, por suerte. Tu padre fue muy oportuno. ¿Entonces tu casa es aquella del barrio alto, la del árbol de flores rojas? ¿Y no serías tú la que tocaba el piano?

—Vamos, niña, que nos aguardan —interrumpió Melas, cuando la conversación había excedido lo que consideraba aceptable para una señorita educada.

—De acuerdo. Nos tenemos que ir. Pero sí era yo la del piano. Hasta la vuelta.

—¿Reconocerás esos dos mástiles blancos? —Señaló al centro de la ensenada—. Esa es la *Rosaline*. Se ven desde tu ventana. Cuando los vuelvas a encontrar en el muelle tendrás tus libros.

Marcel la vio alejarse. Julie no volvió la vista atrás y Melas no dejó de hacerlo con gesto amenazante. Unas horas después Marcel creía haber vivido un sueño. No prestó atención a las labores de desatraque y se llevó algún golpe a cargo de un cabo mal asegurado.

¿Cómo se imaginaba él que sería una muchacha recién llegada de Francia? La hubiera supuesto inaccesible, seria y estirada, hasta agria como las institutrices de las buenas familias, de hecho esas eran las únicas continentales que había conocido hasta entonces. El resto de mujeres blancas constituían un grupo aparte del que solo imaginaba una existencia entre algodones y atendidas por el servicio. Las niñas de las familias *béké*, la vieja aristocracia de la isla, jamás hubieran trabado conversación con un muchacho de mar, medio irlandés y medio antillano.

Por eso le desconcertaba aquella extraña aparición. Se deleitaba recordando las pocas frases que habían intercambiado y, sobre todo, gracias al encargo de la biblioteca, ya imaginaba su próximo encuentro en cuestión de pocos días. Y, si la *Rosaline* cambiaba su plan de navegación, estaba dispuesto a quedarse en tierra para cumplir su compromiso.

La goleta salió a mar abierto dejando atrás la rada de Saint Pierre. Marcel buscó con la mirada un punto rojo brillante entre los tejados de pizarra, el árbol de la casa de Julie. Pronto lo halló y grabó su ubicación en la memoria.

En ese mismo momento ella observaba las velas blancas de la *Rosaline* y no apartó su vista hasta que se perdieron tras el cabo de Le Carbet en dirección a Fort de France. También ella tenía la cabeza en cualquier parte menos encima de los hombros.

Azúcar, azufre y sangre

VII

Por la tarde llegó el mensajero. Lo esperaban, estaba todo acordado, el día y la hora. De un pequeño sobre el padre sacó solemnemente la tarjeta escrita con letra inglesa.

El señor y la señora Clerc tienen el honor de invitar al señor Berard y su distinguida familia a la velada que tendrá lugar el próximo día cuatro en la Hacienda Perrinelle, con motivo de la presentación oficial de su candidatura al Senado. Rogamos que confirmen...

En aquella ocasión no bastaría con salir del paso en un entreacto de teatro. Un domingo entero en la hacienda del señor Clerc era un privilegio que muy raramente se ofrecía a un simple funcionario. El palacete en que el señor Clerc pasaba algunas temporadas fuera de Saint Pierre tenía fama de ser el lugar más exquisitamente decorado de todas las Antillas francesas. Junto a sus plantaciones de caña de azúcar y la fábrica de ron, poseía una residencia en lo alto de una colina, con vistas a la ciudad y su bahía y, por otro lado, a la falda de la imponente montaña. Desde allí era capaz de controlar todo el proceso de fabricación del licor y a cada uno de los trabajadores que lo llevaban a cabo. La casa estaba en pie desde los tiempos de la esclavitud y para muchos era un recuerdo de tiempos mejores, de tiempos que se llevó el viento y que nunca volverían.

Las mujeres de la familia Berard ya estaban sobre aviso. Mandaron confeccionar dos vestidos, bastó con advertir a la modista que se lucirían en la fiesta de candidatura del señor Clerc para que ella entendiera el encargo sin necesidad de aportarle más detalles.

Los Berard, en compañía de Sansón, subieron el empinado camino hasta la hacienda en un landó alquilado. Marcharon por un valle encajado en cuyo fondo se escuchaba un torrente que ocultaba la espesura. Caminaron durante más de una hora. La mañana era fresca, pero, a medida que subían la pendiente, aquel desagradable olor a azufre se les iba metiendo por los poros de la piel.

Los martiniqueses estaban habituados a los gases que salían por las fisuras de la montaña tanto como a los temblores, e incluso a la interrupción de las comunicaciones cada vez que alguna fumarola abrasaba el cable submarino, a muchos metros de profundidad, hasta el punto que el buque *Pouyer-Quertier*, de la compañía telegráfica, fondeaba habitualmente en Fort de France y reparaba el cable varias veces al año.

Sin embargo, la convivencia con un volcán activo era algo que intranquilizaba a los continentales, al menos durante sus primeros meses de estancia en la isla.

Los criados del señor Clerc, apostados en la carretera, les indicaban por dónde debían continuar en cada cruce o cada recodo.

Pronto llegaron a la finca. Atravesaron una puerta de hierro y siguieron entre el mar de cañas de azúcar que flanqueaba un camino ancho y recto. Al fondo aparecía la casa de campo de su anfitrión, amplia pero no en exceso, elegante pero no ostentosa. El matrimonio Clerc daba la bienvenida a sus invitados a medida que descendían de sus vehículos.

—Amigos, cuánto os agradezco que hayáis aceptado nuestra invitación. Pasad, por favor, que vendréis cansados —dijo la señora Clerc.

Julie pensó que los únicos verdaderamente agotados serían los dos caballos, después de haber arrastrado el coche cuesta arriba respirando aquel aire insano, pero también para ellos hubo un digno recibimiento cuando un criado los desunció y se los llevó a la cuadra.

Los Berard permanecieron juntos, un tanto cohibidos hasta que el señor Guèrin, un viejo caballero casi tan rico como los Clerc y de familia aún más antigua, se acercó jovialmente a Vincent.

—Vamos, vamos, amigo, te estábamos esperando.

Como ocurriera en el teatro, un grupo de hombres impecablemente vestidos atrajo al padre de la familia al tiempo que cada una de las mujeres se integraba en el entorno que le correspondía.

Al menos Julie trabó conversación con una joven de su edad a la que dos niños inquietos habían obligado a salir de un corrillo.

—La niñera —se excusaba— no ha querido subir, dice que le da miedo el Mont Pelée. Tendría que haber dejado a los niños en Saint Pierre.

—Entiendo —asintió Julie—. La verdad es que a mí también me impresiona un poco. Aquí arriba se nota cómo la tierra se estremece, como si latiera.

—Latir, así decimos los *pierrotins*. Nuestra montaña está viva, a veces tose y una vez cada doscientos o trescientos años se despierta enfadada. Pero la última erupción fue hace solo cincuenta años. No hay nada que temer. Al menos en lo que queda de siglo, y eso que acabamos de estrenarlo.

—Me dejas más tranquila. Soy Julie Patrice Berard, la hija del jefe de la aduana.

—Lo sé, aquí todas sabemos quién llega y quién se marcha. No creas que somos unas chismosas, sencillamente, somos muy pocas. Yo soy Ángela, la esposa del capitán Osso de la artillería colonial. Llevo aquí ya siete años, por eso me considero isleña. Dos más de los que tiene ese salvaje que corre por la escalera. ¡Théodore, por favor, que vas a matarte!

La madre miró con resignación las cabriolas de su hijo mientras acariciaba el pelo de otro pequeñín que se ponía en pie con dificultad, pegado a sus faldas.

—¿Te aburres, Julie?

—La verdad es que sí. No te voy a mentir.

—Te entiendo perfectamente. Cuando llegué aquí

pasé meses metida en casa o asistiendo a veladas en las que no conocía a nadie. Lo recuerdo como una pesadilla. Pero llegó el capitán, entonces teniente, y creo que empezamos a conocernos y a visitarnos porque no teníamos nada mejor que hacer. En menos de un año ya estaba casada y en nueve meses y tres semanas vino Théodore. Así son aquí las cosas. Pero con la excusa de los niños —bajó la voz— puedo escaparme de vez en cuando. —Señalaba con los ojos al círculo de madres jóvenes que hablaban y reían como gallinas.

Entre tanto, desde el grupo de los hombres se escuchaba una voz bien modulada. Los demás guardaban silencio no porque aquella fuera más alta, sino por su tono de autoridad incuestionable.

El señor Clerc hablaba de la situación de la isla; al parecer, una tormenta política estaba a punto de estallar entre los dos partidos.

—Llevamos las de perder. Eso lo sabemos todos.

—Sí, sí —asentían varias voces.

—Desde que los negros tienen derecho a votar jamás decidiremos nada en la Martinica, por más que hayamos sido nosotros los que la hemos sacado adelante. El senador Knight es negro, negro es el alcalde de Fort de France, el de Le Prêcheur e incluso el nuevo director del Banco Colonial, ese tal Michon. Pero, sin embargo, todo el dinero que allí se deposita es bien blanco, porque es el fruto de nuestro trabajo. ¿Necesitas un crédito para ampliar tu fábrica? Ya puedes arrastrarte, que no conseguirás un solo franco. ¿Por qué? Porque quizá tu abuelo era el amo del abuelo del banquero y por eso te odia. Sí, te odia, y ahora él tiene la llave de la caja. Tú acabarás en la ruina y detrás de ti vendrán los doscientos trabajadores a los que empleas, y detrás los comercios en los que ellos compran su pan o su ropa, pero eso no le importa. Tú eres un *béké* y ellos te odian.

—Sí, señor. Muy bien.

—Así, amigos, me veo en la necesidad de dejar a un lado a mi familia, mi negocio, mi trabajo en el que he invertido todo el esfuerzo de mi vida, para presentarme al Senado. Ya es hora de que tengamos una voz en la cámara, pero una voz propia, no de alguien que no sabe cómo vivimos ni qué pensamos. Y por eso os necesito a todos vosotros.

—Aquí estamos, ya lo sabes.

—Claro que lo sé, amigo, y por eso confío en que tengamos éxito en esta empresa común. Pero necesitamos todos vuestros votos y los de vuestra familia, los de vuestros conocidos... Ellos son muchos, nosotros muy pocos, no podéis faltar el once de mayo. Ni uno solo de vosotros.

El señor Berard se encontraba incómodo. Él era un funcionario designado por el gobierno, y el gobierno apoyaba al partido mulato. No pertenecía a la antigua aristocracia de la isla que trataba de movilizar el señor Clerc; no obstante estaba allí invitado, como varios oficiales del ejército, algunos comerciantes y profesores del Liceo. Sabía que su papel era el de hacer bulto y no decir nada. Los problemas de los viejos hacendados nada tenían que ver con su situación ni la de su familia por más que le halagase haber entrado en aquel selecto grupo de terratenientes. Miró con el rabillo del ojo y vio a su hija hablando con una mujer que sujetaba a un niño de la mano.

—Si necesitas algo, Julie, no dudes en venir a verme. Aunque solo sea para hablar un rato, recuerdo que eso era lo que más extrañaba cuando llegué a la Martinica. Pregunta por la esposa del capitán Osso, todos saben dónde vivimos. Esto es como una ciudad en miniatura.

La mujer se fue al mismo tiempo que un grupo ruidoso de niñas se acercaban a Julie y la rodeaban entre risas y gritos.

—Vamos a dar un paseo. Ven. Queremos llegar al Étang Sec. Está monte arriba, pero el camino es bueno.

—¿El estanque seco?

—Sí, es una antigua boca del volcán. Siempre ha estado sin agua, pero ahora se va llenando un poco más cada día. Al principio solo salió algo de barro, pero ahora es una caldera de agua caliente, a veces asusta. Vamos, ven —insistió la hija pequeña de los Clerc.

—¿No será peligroso? —dijo Julie con un hilo de voz.

—No. Es una excursión muy agradable. Todas hemos ido allí a pasar algún domingo, incluso algunas mujeres se ponen pantalones para seguir más adelante y subir hasta la cima. Yo solo he llegado una vez y había tanta niebla que no pude ver nada, pero dicen que cuando está despejado se divisan todas las islas y hasta la costa de Francia, pero eso no me lo creo.

Sin poder zafarse del brazo de la niña, Julie y una docena de jovencitas salieron de la hacienda acompañadas por varios criados.

Entre tanto, desde un rincón del jardín, medio ocultos por un macizo de flores, los dos amigos del palco del teatro miraban la escena como el cazador que ve acercarse a su presa.

—Vamos a ver de qué madera está hecha la señorita Berard, amigo Alphonse.

—De la misma que todas, no pienses que esta va a ser diferente —hablaba mientras abría su pitillera de plata.

—Recuerda que hay maderas blandas como las que sirven para hacer embalajes y otras mucho más duras. Trabajarlas es más difícil, pero la labor queda más fina. Los mejores muebles son de caoba y de ébano.

—Tienes razón, pero las cosas duraderas no me atraen. ¿Ves estas flores? —Señaló un brote de azaleas—. Dentro de una semana estarán marchitas. Si quieres gozarlas, tienes que arrancarlas en su momento, sin que te tiemble la mano. No sirven ni antes ni después, sin embargo, cuando florecen, son maravillosas. —Desvió de nuevo la mirada a su cigarrillo—. ¿Con cuál de estas flores preferirías quedarte, con las de verdad o con las que están labradas aquí, en la pitillera?

—No lo sé, Alphonse. Las auténticas son más bellas, huelen mejor y su color es incomparable, pero estas otras son de plata.

—Pues yo aspiro a tenerlas todas. Mientras pueda, cogeré las flores frescas, cuando me obliguen a casarme la elegiré de buena plata... sin perjuicio de que también busque de las primeras, claro.

—A veces me asusta lo canalla que puedes llegar a ser.

—Bah, te aguantarás el miedo mientras te pague los vicios. Pero la apuesta del teatro no te la pienso perdonar. Dentro de unas horas, cuando bajen de la montaña, lo tengo todo preparado.

—Supongo que contarás con ayuda. Desde luego, si tu hermana se parece a ti, cuando cumpla unos cuantos años más, será más temible que el Mont Pelée echando fuego por los cuatro costados.

Los dos jóvenes reían a grandes carcajadas mientras se perdía el grupo de excursionistas ladera arriba.

Las muchachas tomaron un camino que subía en zigzag y pronto dejaron atrás la valla de la finca, aunque todo allí era propiedad del señor Clerc. Los árboles eran pequeños pero cuajados de unas flores que caían como penachos rojos y violetas. En Cherburgo hubieran pagado una fortuna por poseer alguno de aquellos árboles maravillosos en un invernadero o sus ramos en la floristería de la Place de la Fontaine. Caminaban sobre un suelo verde entre jirones de niebla, parecía más una pradera de su añorada Normandía que una isla en medio del Caribe. Todo hubiera resultado delicioso de no ser por el olor a azufre que irritaba los ojos de Julie y la hacía toser. Solo a ella.

Una hora después llegaron al borde de la caldera. El Étang Sec era una concavidad grande, dentro hubiera cabido la carpa de un circo. El agua negruzca llegaba hasta cerca del borde, un lodo hirviente que parecía brotar directamente del infierno. La imagen era aterradora. Las plantas que durante años habían crecido en sus inmediaciones se habían secado por las emanaciones sulfurosas que se escapaban por las grietas entre las rocas.

—¿Habías visto algo así, Julie?

—No, nunca. Solo en los libros.

—Seguro que en París tenéis muchas cosas bonitas, pero nada como el Étang Sec. Eso está aquí, en la Martinica.

Julie observaba aquella escena con estupor, sorprendida de que solo a ella le pareciera una visión espantosa en lugar de una atracción para turistas.

—Y si el agua sigue subiendo, ¿puede llegar a desbordarse? —se atrevió a preguntar.

—Probablemente —contestó una niña aparentando desprecio— caerá por ese lado, por el valle, hasta el mar.

—Sí —prosiguió la hija el señor Clerc, que no podía permitir que nadie le tomara la delantera—, aquí nace la Rivière Blanche, aunque a este paso acabará por convertirse en Noire.

Todas rieron por la ocurrencia, menos Julie.

—¿No vive nadie cerca del río?

—Sí, claro. Pero el cauce es muy profundo. No hay peligro. En todo caso, la fábrica de ron del señor Guèrin está justo en la desembocadura. Solo la suya es más grande que la de mi padre, así que...

—De hecho —añadió otra niña—, dicen que se llama Rivière Blanche porque nace en la finca del señor Clerc y muere de en la Guèrin. No hay un solo metro que cruce las tierras de un mulato.

Y de nuevo todas las niñas rompieron a reír con estrépito mientras se preparaban para descender.

Julie se sentía más aliviada a medida que dejaban atrás aquel lugar sobrecogedor. Estaba convencida de que jamás llegaría a acostumbrarse a la presencia de un monstruo como aquel, tan cerca, tan amenazante. Pero aquellas niñas y sus padres se habían criado a la sombra de la gran montaña a la que veían como un ser protector, el que retiene las nubes de lluvia, el que engendra los manantiales y fertiliza la tierra de la que se alimentan. Era su montaña.

Continuaron la marcha lentamente, estaban cansadas pero no habían perdido las ganas de reír y bromear. Llegaron a una pequeña explanada rodeada de árboles y se sentaron. Como si todo estuviera ya previsto —seguramente lo estaba—, un grupo de criados apareció con cestas de mimbre y manteles de cuadros.

Gritaron entusiasmadas y se sentaron sobre la hierba sin acordarse demasiado de sus elegantes vestidos mientras aparecían platos de fiambre y dulces.

—¿Estás bien, Julie?

Todas se preocupaban por la recién llegada, aunque a ella le disgustaba ser el centro de atención. Siempre había sido una chica discreta de las que se ruborizaban cuando la profesora la hacía ponerse en pie para recitar la lección. Verse agasajada de aquel modo la hacía sentirse extraña e incómoda.

—Sí, gracias. Eres muy amable. Todo está buenísimo.

Poco después ya sonaban las canciones, una música alegre acompañada de palmadas y golpes que tenía más de africano que de europeo, aunque Julie nunca se hubiera atrevido a mencionarlo siquiera. Luego llegaron las historias cómicas, las habladurías y los rumores de próximas bodas, noviazgos secretos que todas conocían, chicos guapos y oficiales de marina recién llegados a la isla.

Por fin levantaron los manteles. Las niñas se dividieron en pequeños grupos de tres o cuatro y fueron bajando la pendiente, cada vez más suave. Julie se quedó atrás con la hija del señor Clerc. Aunque ella intentaba acelerar el paso, la niña parecía obligarla a retener la marcha. ¿Acaso no había sido la más ágil en la subida? Las que caminaban por delante se volvían para mirarlas, se tapaban la boca y reían.

—Y, ahora que estamos solas, quiero preguntarte algo, pero no te enfades.

—No, claro.

—¿Tienes novio? Todas quieren saberlo, pero a ellas les da vergüenza decírtelo.

—¿Por qué? Qué tontería. No, no lo tengo.

—¿Lo dejaste en Francia?

—No. Allí apenas salía de casa y no hace tanto que acabé el colegio. Tenía amigos, pero nada más.

—Pues a tu edad, aquí todas las chicas están casadas. Siempre decimos que las muchachas que vienen del continente van a tener nietos en vez de hijos.

—Ya me he dado cuenta.

—Pues en la isla hay jóvenes muy guapos.

—También de eso me he dado cuenta, no creas. —Y rieron las dos.

Continuaron caminando y a los pocos pasos la niña guiñó un ojo a Julie.

—Pues hablando de chicos guapos, mira, por allí viene mi hermano.

En efecto, subiendo la ladera con la camisa entreabierta y la chaqueta recogida en el brazo, subía Alphonse Clerc. Su piel brillaba con el sudor del esfuerzo, pero, como el gato del país de las maravillas, la sonrisa del joven caminaba por delante de él.

Qué coincidencia encontrarle allí... ¿o no? En todo caso, le parecía una gran suerte tener la oportunidad de charlar con él.

—Vaya, hermanita, te has escapado de la fiesta. Has sido la más inteligente. No sabes lo aburrido que puede ser papá hablando de política. Y además insiste en que yo esté también con los hombres, como si no tuviera nada mejor que hacer. Hola, Julie Berard. ¿Cómo te tratan estas pillas?

—No me puedo quejar. Me llevan de excursión y

me sirven el almuerzo. Hacía tanto que no tenía una comida campestre...

—¿Habéis llegado hasta el Étang Sec?

—Sí —contestó la niña—. A Julie le ha dado miedo.

—¿Miedo? ¿Cómo es posible?

—Yo no he dicho eso —replicó.

—No hizo falta, se te notaba en los ojos.

—Es normal —trató de conciliar Alphonse—. Es un lugar que no te deja indiferente, y más ahora que está prácticamente lleno. Hasta hace unos meses impresionaba su tamaño y pensar en cómo se vería rebosando de agua hirviente. Ahora, sin embargo, no hace falta imaginar nada. ¿Me permites que te acompañe?

—No sé... —titubeó Julie.

—¡Adiós! —gritó la niña mientras corría ladera abajo en busca de sus amigas.

Julie y Alphonse se quedaron solos. Él le ofreció su brazo como hubiera hecho en un elegante bulevar de París. ¿Qué estaba pasando? Julie no sabía si dar gracias al destino por aquel encuentro o al diablo por haberlo planeado todo con la complicidad de aquella niña que bajaba dando brincos sobre las rocas.

—¿Cómo estás? ¿Te vas habituando a la isla?

Julie había oído ya esas mismas preguntas tantas veces que repetía de memoria las respuestas, pero Alphonse les imprimía otro acento.

—Esta isla es pequeña —continuó—, hasta nos lo parece a nosotros que hemos nacido en ella, más aún a los que llegáis del continente.

—Bueno, no tan pequeña. De todos modos, tampoco en Francia viajábamos mucho.

Alphonse tenía ensayado su discurso.

—Dicen que lo que más siente una chica recién llegada es una sensación de soledad. Echa de menos tener amigas... y amigos.

—No, en absoluto —Julie instintivamente pasó a la defensiva—. Conozco ya a varias mujeres de mi edad, por ejemplo —improvisó—, la esposa del capitán Osso.

—¿Ángela? —La nombró con una extraña familiaridad—. ¿La conocías antes de la fiesta?

—Sí —mintió—, ya habíamos coincidido aunque aún no la he visitado. Un día de estos iré a su casa, sus niños son encantadores.

—Son dos fieras, no mientas. —Rio—. Veo que te gustan los niños.

—Asados preferiblemente —intentó ser ingeniosa y salir de aquella conversación incómoda.

Alphonse rio de nuevo con la ocurrencia, pero no quiso cambiar de tema.

—Si de verdad quieres conocer a personas interesantes y no marchitarte como una planta de invernadero, dímelo. Por mi trabajo conozco a todo el mundo. Soy el que lleva las finanzas de la fábrica, ya sabes, el banco, los contratos...

¿Acaso intentaba impresionarla?

—No entiendo de esas cosas, pero debe de ser muy absorbente. —Julie prefería hablar de fábricas antes que seguir por aquel camino.

—Bueno... no tanto como para no encontrar algo de tiempo libre. Lo malo es no tener con quién compartirlo.

—¿No decías que tienes muchos amigos?

—Sí, pero solo eso. Amigos. A veces no basta con reír y jugar a las cartas, cuando se busca algo más... profundo. No sé si me entiendes.

Julie no respondió, solo miraba con ansiedad la distancia que los separaba del último grupo de chicas y del muro de la finca.

—¿Estás cansada? —preguntó Alphonse, viendo con satisfacción cómo se agitaba la respiración de Julie, imaginando que aquella alteración se debía al efecto mágico de sus encantos. «Esto va a ser más fácil de lo que pensaba», se decía—. Ven, sentémonos un rato. No hay prisa. Mira, entre aquellos árboles estaremos cómodos.

—No, prefiero seguir.

—Vamos, no seas tonta. —El chico la tomó con firmeza de la mano y la obligó a salir del camino. Julie no sabía si resistirse o dejarse llevar. ¿Qué era todo aquello? ¿Por qué la cabeza le daba vueltas? ¿Sería el aire enrarecido o acaso aquel joven tan atractivo? Quizá en aquella isla todos fueran así de atrevidos, tan impulsivos.

Caminaron unos metros hasta un claro entre árboles, donde quedaron ocultos de la vista de todos.

—Siéntate, que el camino ha sido largo.

—Prefiero llegar a la casa, no te molestes.

—Vamos. —La tomó nuevamente con más fuerza y la atrajo hacia él.

Entonces empezaron a sonar todas las alarmas que estaban dormidas.

—Me haces daño, Alphonse, por favor. Quiero irme.

—Espera, no seas tonta. ¿Acaso no estás bien aquí?

—Por favor —gemía—, me haces daño. Suéltame, por favor.

Pero el chico no dejaba de apretar su mano y acercarse a ella, con los ojos encendidos de deseo y de ira al mismo tiempo.

En un instante, rodeó el cuerpo de Julie con sus dos brazos, fuertes como unos grilletes de hierro. Se diría que tenían ya la forma adaptada al talle de las mujeres de tantas como habían abrazado, y no pocas contra su voluntad.

Julie se mordía los labios y a duras penas retenía las lágrimas. Lo que prometía ser un sueño se había tornado en pesadilla en cuestión de segundos.

—Vamos, Julie. ¿De qué tienes miedo? —El aliento de Alphonse llegó cargado de ron y nicotina al rostro congestionado de Julie.

—Por favor, por favor, suéltame, te lo suplico... —pudo decir en un susurro cuando los labios de Alphonse ya tocaban los suyos.

—Te ha dicho que la sueltes. ¿No la has oído?

Alphonse se volvió rojo de ira.

—¿Quién es este negro? ¿Qué haces aquí? ¡Vete!

—¡Sansón! —exclamó Julie.

—Te he dicho que te vayas —ordenó Alphonse con los puños cerrados.

—Y yo te he dicho que la sueltes. Vamos, señorita, que nos están esperando.

—La señorita está conmigo. ¿No lo ves? Vete.

—No sin la señorita.

—¿Hace falta que te lo diga de otro modo? —Se encaró con él.

—Dímelo como quieras. —Sansón respondió poniéndose en guardia.

El hijo del señor Clerc se abalanzó sobre Sansón, que esquivó con agilidad el primer golpe. No deseaba usar los puños, solo quería llevarse a Julie. Pegar al hijo del hombre más poderoso de la isla no estaba en sus planes, pero, si hacía falta, no daría un paso atrás.

—Vamos, ven —le retaba Alphonse, pero su rival no respondía.

De nuevo le lanzó un golpe que le alcanzó en el vientre. Sansón se dobló de dolor, pero en un instante se rehízo y de un manotazo lanzó a Alphonse contra el suelo.

—Esta la vas a pagar, negro.

Ardiendo de furia cogió una piedra e intentó golpear a Sansón en la cabeza, pero él, con un movimiento ágil, impropio de un hombre de su envergadura, detuvo al joven propinándole un puñetazo en el rostro.

Alphonse empezó a sangrar por la nariz.

—¡Me la has partido, animal! —gemía con voz afónica mientras se manchaba la camisa. —¡Ayuda, ayuda! —comenzó a dar grandes alaridos.

Sansón se acercó a Julie, que no podía moverse ni

entender lo que había pasado. En pocos minutos llegaron varios criados de la casa que vieron a Alphonse lleno de sangre.

—Ese, ese —señalaba a Sansón— ha intentado de matarme. Con aquella piedra. Quiso forzar a la hija del señor Berard y yo he tratado de defenderla.

Julie no tuvo tiempo de replicar una sola palabra. Varios hombres cogieron a Sansón y se lo llevaron entre golpes. Ella corrió hacia la casa mientras Alphonse era atendido por un criado que se llevaba toda su ira en forma de insultos.

—Quita, inútil, así no se tapona una herida. Aparta esas manazas.

El escándalo llegó al edificio principal. A esa hora muchas familias ya habían regresado a Saint Pierre y el señor Berard se preguntaba dónde estaría Sansón para llevar el carruaje.

—¿Qué ha ocurrido? —Se empezó a oír.

Palabras sueltas, exclamaciones, confusión.

—Señor Berard —le llamó un criado—. Verá, al parecer... un hombre de su casa ha herido al señorito Alphonse. Por favor, venga.

—¿Qué estás diciendo?

Pálidos, Vincent y su mujer salieron de la casa. Buscaban desesperadamente a Julie, pero fue a Sansón a quien encontraron con el rostro amoratado y las manos a la espalda.

—Ya vienen los gendarmes —decía una voz.

—¿Qué ha sucedido, por Dios? —preguntó el señor Berard, descompuesto—. ¿Dónde está mi hija?

Alguien explicó precipitadamente la escena que acababan de presenciar, por supuesto, según la versión del hijo de Clerc. Sansón había intentado agredir a Julie cuando, providencialmente, Alphonse pasó por allí y trató de detenerlo. Ante su aparición, quiso golpearle con una piedra y luego le propinó un puñetazo en el rostro.

—Mi niña, mi niña... —gemía la madre.

—Pero ¿Julie está bien?

—Sí, bueno... —Nadie era capaz de dar razón de la muchacha, solo veían a su amo herido y al atacante maniatado. No habían reparado en ella.

En ese preciso instante, corriendo ladera abajo vieron llegar a Julie con el rostro congestionado. La madre fue hacia ella y la abrazó.

—Hija, ¿te han hecho algo?

—No, mamá, no ha pasado nada. Solo un susto, no tiene importancia, pero...

—¿Cómo dices eso? —la interrumpió—. Menos mal que este chico pasaba por allí. Maldito Sansón. ¿Cómo podíamos imaginarlo siquiera?

Julie entendió lo que su madre decía y la causa de aquella «confusión».

—No, mamá. ¿Eso te han dicho? No. Fue Alphonse el que me cogió y no sé con qué propósito, no lo quiero pensar. Sansón le dijo que me soltara y él quiso golpearle. Gracias a Sansón no me ha pasado nada. ¿No es así como te lo han contado? Me lo imaginaba. Pero yo diré la verdad.

La madre miró a su alrededor. Estaban solas en el

camino, nadie las oía. Soló su padre se acercaba a grandes zancadas.

—¿Estás segura de lo que dices, hija?

—Mamá, ¿cómo puedes dudarlo?

—Mira que el chico es de la mejor familia de la isla.

—Como si es el Delfín de Francia. Creo que todo estaba preparado para que me quedara a solas con él. Después de la caminata me fueron dejando atrás, seguí con la hermana y, al final, cuando apareció Alphonse, ella se marchó corriendo. Sí, estaba todo pensado. ¿Cómo he podido estar tan ciega?

—Hija, esto que dices es muy grave.

—Claro que lo es. Sansón va a cargar con las culpas cuando habría que darle las gracias. Vamos, vamos a contárselo a todos.

—No, aguarda a que llegue tu padre.

El señor Berard al fin se detuvo, más sofocado por la tensión de sus nervios que por la carrera.

—Julie, hija, ¿te ha hecho algo ese animal? Debí haberlo despedido después de la riña al desembarcar el equipaje, se peleó con el marinero y todos los vecinos le hacían corro. Ahora veo que es un pendenciero de cuidado. Menuda recomendación me hicieron. Pero no te preocupes, que no volverá a pisar nuestra casa, ni la calle en mucho tiempo. Los gendarmes vienen ya a detenerlo.

—Para, Vincent —le atajó la madre, mortalmente seria.

—Agnes, ¿qué ocurre? No me asustes más.

—Papá —intervino Julie—, el que intentó forzarme fue Alphonse. Sansón me defendió.

Tras un momento de desconcierto el señor Berard recuperó la palabra.

—Estás muy nerviosa, hija. No sabes lo que dices. Anda, vamos a casa. Ya hablaremos allí.

—No, Vincent —dijo la madre—. Nuestra hija sabe muy bien lo que dice.

—Pero... pero es imposible.

—¿Tú crees? —preguntó Agnes—. A mí ese caballerete presumido me daba mala espina desde que lo vi galantear a todas en el teatro. Tú no te fijarías, pero una madre sí.

—No. No puede ser.

—Papá, no sé nada de ese chico, pero sí sé lo que ha ocurrido. Vamos a por Sansón, él es inocente. Sin él no sé qué habría podido pasar.

—Pero hija —gimió el padre—, es el señor Clerc... ¿Cómo vamos a acusar a su hijo?

—Vamos a decir la verdad, nada más.

Se quedaron paralizados. Julie solo veía la injusticia y Vincent su descrédito; únicamente la madre razonaba.

—Julie, escucha. Si cuentas eso, es posible que Alphonse diga que fuiste tú quien quiso ir con él. No le faltarán testigos, ya sabes quién es. Una docena de criados suyos jurarán que no miente. Entonces serás tú la que se manche y no habrá quien nos dirija la palabra en esta maldita isla. Y, mientras tanto, Sansón seguirá preso. No. Debemos ser prudentes.

—¿Qué quieres decir? —susurró el padre.
—Vamos a casa. Tú no digas nada ahora. Veremos al jefe de la gendarmería. Si tenemos que pagar una fianza para sacar a Sansón de la cárcel, lo haremos, creo que bien se lo merece. Y cuando esté libre lo enviaremos a Fort de France, o ya se nos ocurrirá adónde. Habrá que hablar con Clerc para que retire la denuncia prometiéndole lo que haga falta, aunque tengas que falsificar todos sus permisos de atraque y dejarle sacar de contrabando diez mil barriles de ron. Eso me da igual. Lo primero es recuperar a Sansón sin escándalo, después convencer a Clerc, y por último enviarlo lejos hasta que todo se olvide.

Nadie objetó una palabra. Todo cuanto dijo la madre era sensato, la mejor solución incluso para Sansón, injustamente detenido.

DONDE SE PASA DE LA IMPACIENCIA
A LA INCERTIDUMBRE PARA ACABAR
EN LA DECEPCIÓN

VIII

La travesía estaba resultando angustiosamente larga. Marcel vivió aquellos días como los de un cautivo que aguarda su liberación o los de un soldado que ve acercarse su licencia, lentamente, mirando el calendario de manera apremiante, como si las horas fueran a correr más rápidas por su mero capricho.

Escudriñaba el horizonte en busca de la montaña, maldecía las nubes y la espuma del mar que le impedían ver más allá de unas pocas millas, un tiempo revuelto impropio de la estación, y lamentaba también la dependencia de su goleta de la fuerza voluble del viento. En aquella ocasión sí que hubiera deseado tener una buena caldera para cargarla él mismo con paladas de carbón hasta que no cupiera una sola piedra más y el vapor se fugase silbando por las juntas.

¿Qué le ocurría? ¿De dónde nacía aquella inquietud? Él se lo negaba una y otra vez, pero la razón no siempre basta. Aquello era absurdo. Un instante, cuatro palabras, una mirada... Nada. Pero ¿en qué se mide la ilusión? ¿En horas o en metros? Se decía que era un necio, un bobo al que unos ojos hermosos eran capaces de nublar el entendimiento durante días y trastocarle todos los sentidos hasta convertirlo en el más torpe de la tripulación.

—¿Qué te pasa, Marcel?, que pareces atontado.
—Despierta Marcel.
—¿En qué estás pensando, Marcel?

No. Eso no podía durar, pero ¿acaso estaba en su mano el poder alejar de su memoria cada palabra o cada gesto? La minúscula semilla de un encuentro fugaz había echado raíces y se aferraba a su memoria con la fuerza de una planta venenosa.

Marcel conocía el placer efímero de poseer a una mujer de las que se entregan por dinero y su recuerdo le hacía sentirse miserable y sucio. No por el contacto con aquellas pobres desgraciadas, sino por su propia bajeza, por haber comprado como mercancía lo que no podía justificarse más que con aquel sentimiento que hasta entonces nunca había conocido más que por los libros. La imagen de aquella muchacha movía en su interior engranajes cuya existencia ignoraba.

Cuando apareció la nube gris que siempre coronaba el monte, a Marcel le pareció más oscura, más tétrica. Avistaban la Martinica.

Como de costumbre, una vez terminado el trabajo en Fort de France, tomó su bolsa y corrió a la biblioteca. Aquella vez parecía más concurrida, pero su amigo pudo alzar la mirada y saludarlo.

—¿Buena travesía?

—Buena, aunque los ingleses están un poco quisquillosos y cada vez nos ponen más problemas.

—Mi abuelo estuvo en Waterloo. No me gustan los ingleses, pero saben cómo hacer las cosas, no les vamos a quitar mérito. Siempre digo que una nación es grande si tiene buenos marinos y buenos escritores, y la verdad es que a los ingleses no se les puede negar lo uno ni lo otro, aunque nunca tan buenos como los nuestros.

—Claro, por supuesto —concedió Marcel con un deje de ironía que no captó el bibliotecario.

De inmediato, el joven se perdió por los corredores de hierro. Sacaba un libro, lo miraba al derecho y al revés, lo tocaba y lo repasaba para finalmente dejarlo en el estante sin demasiada convicción. Se hallaba indeciso, como nunca antes lo había estado delante de un anaquel de libros. Él conocía sus apetencias y sus criterios, jamás perdía tiempo en la elección de sus lecturas porque solía llevarlas decididas de antemano, sin embargo, aquel libro tenía otro destinatario. Trataba de imaginar qué hubiera elegido ella deseando sobre todas las cosas acertar y agradarla. El encargo era Verlaine, pero había media docena de obras suyas en estricto orden alfabético. Y, a su lado, Baudelaire, Apollinaire, Mallarmé... ¿Cómo elegir uno en vez de tomarlos todos, meterlos en su bolsa y salir huyendo como si fueran contrabando?

Al fin extrajo uno, respiró hondo y lo depositó sobre el mostrador.

—¿Me podrías prorrogar el último de Verne? No me ha dado tiempo a terminarlo, hemos tenido mucho jaleo esta vez. Aquí tienes los otros dos.

—No te preocupes. Pero creo que es la primera vez que te ocurre en estos años. La *Rosaline* se hace mayor y cada vez requiere más cuidados, ¿no es así?

Marcel estuvo tentado de mentir, pero culpar de su turbación al hermoso buque le pareció injusto.

—No se trata de la goleta, se conoce tan bien estos mares que casi navega sola, como el caballo que vuelve a casa sin que haya que guiarlo. Son los problemas, los papeles, la gente...

—Espero que pronto se aclare todo. Creo que estamos como el Mont Pelée, un poco revueltos, gruñones y con color de ceniza.

—Tienes razón —afirmó Marcel—. No sé si nos hace falta hacer erupción de vez en cuando para que salgan de golpe los malos humos. —Adoptó un tono más serio—. He oído que la montaña está más inestable de lo normal.

—Sí, últimamente hay temblores y emanaciones. Dicen que no es nada por lo que preocuparse, pero no es una sensación muy tranquilizadora. La última vez se descolgaron dos estanterías. Me aterroriza pensar que pueda haber un temblor más fuerte y se caigan todos los libros. ¿Te figuras lo que supondría tener que volverlos a colocar? Meses, ¡quizá años! Sería el fin.

Cuando dieron por concluida la disertación científica, Marcel mostró su libro.

—Veamos... —Miró la signatura del lomo—. No sé por qué, no te veo muy convencido. Es raro en ti.

—Tienes razón. En este caso no voy a ser el único en leerlo.

El hombre le miró de hito en hito y sonrió:

—¿Al fin una chica?

—No... bueno, sí, es una chica, claro, pero solo me ha pedido que le traiga el libro porque vive en Saint Pierre.

—¿Y te pide a Verlaine? Entonces no es una chica cualquiera.

—No lo sé —se ruborizó—, pero me preció distinta, no sé cómo decirlo.

—Creo que Verlaine sí hubiera sabido. Que tengas suerte, amigo. Ya me contarás a la vuelta. ¿No quieres nada más?

Marcel dudó un instante. Pensó que su petición podría parecer de mal gusto, incluso para un hombre poco dado a las supersticiones, pero al fin se decidió.

—Quizá te rías o me consideres un maniático, pero después de hablar del Mont Pelée me vino a la memoria Plinio el Joven, cuando describe la erupción del Vesubio, y Bulwer Lytton, el de *Los últimos días de Pompeya*.

—Mientras viajes por el mar no le veo inconveniente a esas lecturas, pero, si también se las vas a dejar la chica de Saint Pierre, al pie mismo del volcán, no creo que sea lo más tranquilizador.

—Me arriesgaré a parecer un agorero.

—Como quieras, señor Hollister. A Plinio ya sabes dónde encontrarlo, ahora te miro la referencia de Lytton.

Al día siguiente la goleta puso rumbo a Saint Pierre. Marcel guiaba la nave escasa de cargamento y de dotación sobre un mar tranquilo de color esmeralda, sin embargo, la ansiedad que le dominaba le impedía gozar plenamente de aquellas horas de libertad.

Apenas doblaron el cabo de Le Carbet cuando ya buscaba ansiosamente la mancha roja de la casa de Julie entre los muros blancos y los tejados de pizarra de la ciudad.

El buque fondeó en mitad de la rada. Marcel ardía de impaciencia, pero sin olvidar su responsabilidad como jefe de la embarcación supo realizar las maniobras con buen oficio.

—Vamos a tierra —habló a sus compañeros.

—Recuerda que hoy necesitamos permiso de tres días. Con la cabeza que tienes últimamente, seguro que se te olvida y pides el de siempre.

—Descuida, que lo llevo bien anotado. —Señaló la sien como si fuera un cuaderno.

La fábrica Guèrin, situada una milla al norte en una pequeña rada, necesitaba trasbordar unos bocoyes de azúcar con destino a Guadalupe. La *Rosaline* debía esperar el cargamento que, poco a poco, vendría desde el muelle de la propia fábrica a bordo de dos pequeños vapores. No antes de tres días estaría el cargamento completo, así que Marcel permanecería en la ciudad más tiempo que las pocas horas de costumbre. Y en tres días, ¿cuántas cosas podrían suceder?

Tomó su bolsa, revisó la documentación y acarició los libros. Todo en orden. Saltó a la chalupa y empuñó uno de los remos.

—Tranquilo, Marcel —le pidió su compañero de boga—, que no se van a llevar el pontón ni nos van a pagar más aunque corramos.

Cuando subió al muelle, le sorprendió un extraño temblor de piernas. ¿Por qué sentía cerrada la boca del estómago? ¿Acaso se había mareado durante la travesía?

Abrió la puerta de la aduana y no vio a nadie. Tampoco se oían voces ni pasos. Subió las escaleras y encontró al viejo ayudante colocando unas carpetas.

—François... Buen día.

—Hola, Marcel. Hoy has tenido suerte. El jefe no está. Vamos, pasa y te sello el permiso. ¿Todo bien?

BAJO TIERRA

IX

El matrimonio Berard caminaba cogido del brazo y con la mirada por los suelos. Trataban de pasar desapercibidos e imaginaban que cada persona con la que se cruzaban murmuraba a sus espaldas sobre el incidente de la plantación.

—He leído *Les Colonies* y no aparece nada —susurraba Vincent.

—Claro, el periódico no dirá una sola palabra aunque todo el mundo lo sepa.

—¿Tú crees? Ver el nombre de mi hija en un escándalo así... no quiero ni pensarlo.

Vincent Berard se esforzaba por contener su agitación, pero el movimiento convulso de sus dedos revelaba su estado de ánimo.

—Todo se va torciendo. Ya ves el cariz que han tomado las cosas en tan pocos días.

—La maldita política, que todo lo enreda —gemía, apretando la mano de su esposa.

El altercado de Sansón con Alphonse Clerc había corrido de boca en boca. Era imposible que algo así permaneciera en secreto, sobre todo cuando había sido presenciado por tantas familias de la buena sociedad de Saint Pierre. También los criados negros se encargaron de comentar el suceso.

El «señorito Clerc» era cliente habitual en los locales de peor fama del puerto. En la calle de Saint Jean de Dieu, donde se alineaban los burdeles, las mujeres le saludaban por su nombre con el mayor descaro. En otro momento, si hubiera aparecido una mañana con la nariz partida, el hecho no hubiera tenido ninguna importancia, pero en vísperas de unas elecciones reñidas entre el partido mulato y el de los blancos todo podía leerse en clave política y distorsionarse según la conveniencia de cada uno. El agresor era un negro y el agredido el hijo del candidato blanco.

Hubo rumores para todos los gustos, desde una riña en la que el señorito Clerc se defendió bravamente de cuatro o cinco atacantes, hasta otra en la que un solo hombre le dejó malparado y seguramente tullido de por vida, aunque lo único cierto era que el agresor estaba en la cárcel y al lesionado no se le había vuelto a ver en público, seguramente por tener en el rostro las señales vergonzosas de su derrota.

Muchas familias blancas, negras y mulatas detestaban a Alphonse Clerc, algunos le envidiaban por su juventud y su riqueza y verlo humillado de esa forma les reconfortaba en sus miserias; para otros representaba lo peor de un sistema de castas y abusos que se resistía a morir arrastrado por el aire de la historia. El que un negro le vapulease de aquel modo se entendía como una verdadera conquista social. Otros, por su parte, albergaban motivos más inconfesables para odiarlo: maridos burlados, noviazgos rotos, sueños deshechos y promesas olvidadas. Muchos, en el fondo, se alegraron del descalabro de Alphonse Clerc aunque apenas nadie se compadeció del detenido.

Tampoco se nombraba a Julie al comentar el suceso. La hija del jefe de la aduana había desaparecido. Para los *béké*, resultaba más heroico mostrar una pelea por la defensa de unos ideales o por el orgullo de su raza que por un asunto de faldas. Por otro lado, conociéndose en toda la isla la reputación de Alphonse Clerc, si alguien hubiera sostenido que llegó a los puños por defender el honor de una mujer, aquello hubiera causado más burla que admiración. A ninguno de los dos bandos le interesaba lo más mínimo conocer la verdad de lo ocurrido, sino solamente su particular versión en unos momentos en que todo se convertía en arma arrojadiza en la pelea electoral.

El matrimonio Berard llegó a la puerta de la cárcel. Un gendarme les condujo hasta una sala de espera en la que fueron atendidos por el sargento de guardia.

—Buenos días —Vincent se puso en pie—. Queremos visitar a Louis Auguste Cyparis. Le hemos traído algo de ropa y comida.

—Auguste... —Trataba de hacer memoria, aunque no hubiera más de tres o cuatro detenidos en todo el edificio.

—Sansón —aclaró la mujer.

—Ah, sí, Sansón. El que intentó matar al hijo del señor Clerc.

—¡Vamos, vamos! —Se estremeció el señor Berard—. Un puñetazo en la nariz, creo que todo se está exagerando.

—Puede ser. Ya lo decidirá el juez. Necesito que me rellenen este impreso. —Les extendió una hoja de papel—. ¿Puedo preguntarles de qué lo conocen?

—Trabajaba en nuestra casa. Estábamos invitados a la fiesta y allí se produjo el incidente.

—Vaya contrariedad. Aguarden un momento. ¡Laurent! —llamó a otro guardia que entró arrastrando los pies con desgana.

—Visita para Sansón.

—¿Lo subo? —preguntó desconcertado.

—No, ya sabes que está en seguridad. No puede salir de la celda. Lleva abajo al señor, porque supongo, señora, que usted no querrá...

—Sí. Quiero bajar —contestó con autoridad.

—Siendo así, por favor, Laurent, acompaña a ... —consultó el formulario que ya recibía en la mano— a los señores Berard. Tienen diez minutos nada más, son las normas. Si desean otra cosa, me tienen a su disposición. Me temo que el paquete de ropa deben dejarlo aquí, hay que inspeccionarlo antes de entregárselo a un detenido. También son las normas.

—Lo comprendo, claro. Ha sido usted muy amable.

Precedidos por el gendarme, atravesaron un corredor flanqueado de puertas cerradas, detrás de alguna se oía una máquina de escribir o voces apagadas. Al fondo, haciendo chirriar una reja, salieron a un patio de altos muros en el que se alineaban algunas celdas, la mayoría de ellas ocupadas por enseres y muebles viejos en vez de peligrosos delincuentes.

En un rincón se abría algo parecido a un pozo al que se descendía por una escalera estrecha.

—Tengan cuidado, está húmedo y pueden resbalar —advirtió el gendarme, más preocupado por la limpieza de su uniforme que por la seguridad de aquellos dos ancianos inoportunos.

Cada peldaño que bajaban encogía más el espíritu de Agnes y de Vincent Berard. El guardia rezongaba, claramente incómodo por tener que caminar en aquel antro oscuro y apestoso.

—¡Sansón! —gritó, descorriendo la ventanilla de una puerta cruzada por gruesos barrotes —tienes visita.

Se oyó un ruido de grilletes arrastrándose por el suelo. Agnes apretaba el brazo de su esposo.

—Debo quedarme aquí. Es un preso peligroso, son las normas —dijo el guardia con muy poca convicción y evidente fastidio.

El calabozo era un cuarto minúsculo, lo justo para que un hombre pudiera echarse en el camastro. Solo recibía algo de luz por una ventana estrecha en la parte alta, erizada de rejas como las de una clausura. El techo, abovedado, rezumaba humedad y verdín. ¿Cuánto tiempo se podía permanecer en un lugar como aquel sin caer enfermo? El recinto despedía un hedor acre, indefinible, que llegaba hasta el estómago y lo deslavazaba como una mala digestión.

—¿Es necesario que esté aquí? —preguntó Agnes al guardia—. Arriba hay celdas amplias y con más luz. Esto es inhumano.

—Son las normas —repitió una vez más, aunque con una lejana sonrisa de suficiencia.

El señor Berard pegó su boca a la abertura de la puerta.

—Sansón, ¿me oyes?

—¡Señor Berard! ¿Cómo usted aquí? —Se puso en pie y dio un par de pasos hasta la reja haciendo sonar las cadenas de los tobillos. La oscuridad de la celda no permitía ver más que sus fuertes dedos ensarmentados en los barrotes.

—Te hemos traído un poco de comida y ropa, pero viendo cómo es esta celda, pronto te traeremos algo de más abrigo. Dinos qué necesitas.

—Nada, señor. Que Dios se lo pague. ¿Cómo está la señorita? —preguntó con ansiedad.

—Bien, gracias a ti. Sabemos lo que pasó —respondió la madre—. Vamos a sacarte. Haremos lo que haga falta.

Sansón guardó silencio unos instantes.

—No creo que puedan. Ustedes llevan poco tiempo en la isla y no saben cómo funcionan aquí las cosas.

—Pero si decimos la verdad...

—No les creerán. Yo estoy condenado ya, no hará falta que me juzguen. Terminaré en la Isla del Diablo. Aunque eso lo he sabido siempre. Era mi destino.

Los Berard se estremecieron al oír aquel nombre, el famoso presidio frente a la costa de la Guayana, el lugar más espantoso de la tierra al que llamaban «la guillotina seca» porque mataba a los hombres sin derramar sangre.

—No. ¡No lo permitiremos! —exclamó Vincent con energía.

—Se lo agradezco. La verdad es que ese niñato malcriado se lo tenía merecido. Si no hubiera sido yo, más tarde o más temprano hubiese encontrado otro puño en la cara. ¿Qué más da? —La voz se oía hueca a través de la madera.

—Claro que importa, Sansón. Tú defendiste a nuestra hija y estás aquí, preso, mientras que el miserable que intentó atacarla descansa en su cama y el médico le visita tres veces al día.

—Así son las cosas en la Martinica y ustedes no van a cambiarlo. Si al menos me han traído ropa y comida, me doy por contento.

Trascurrieron los diez minutos —quizá alguno menos—, y el guardia hizo sonar las llaves. Se despidieron entre sollozos y promesas y subieron la escalera en silencio.

—¿Podemos ver al prefecto? —habló el señor Berard en cuanto regresaron al mundo de los vivos.

—Aguarden un momento. Estará ocupado. Voy a ver —contestó el gendarme con gesto de desconfianza.

Al cabo de unos minutos el mismo guardia regresó por una puerta lateral.

—Sí, han tenido suerte, pueden pasar.

Sin mediar palabra, el matrimonio entró en un despacho confortable, presidido por la fotografía del presidente de la República y la bandera tricolor. Estaban ante la primera autoridad de Saint Pierre en cuestión de orden público, un hombre corpulento y entrado en años que no parecía tener otra pretensión que la de jubilarse plácidamente.

—Siéntense, por favor. —Les mostró las butacas con amabilidad—. ¿En qué puedo ayudarles?

El señor Berard, funcionario e hijo de funcionario, se sentía mucho más cómodo tratando con un «igual» que con un policía uniformado. Imaginaba que ambos hablarían el mismo idioma. Por primera vez desde que desembarcó en la isla se sintió realmente en su medio natural, olvidando la falsa ostentación de su cargo como «jefe» de muy poco pero seguro de no deber nada a nadie, al menos a nadie que residiera en la Martinica.

—Verá, señor...

—Thévenet, prefecto Thévenet, o sencillamente Claude, si lo prefieren. Les recuerdo a ustedes del teatro. Claro, ustedes conocieron entonces a muchas personas y no podrán acordarse de todas.

—Gracias. Señor Thévenet. —Vincent no quiso aceptar la confianza de llamarlo por su nombre—. Le habrán informado de que acabamos de visitar al detenido, a Auguste Cyparis. Trabajaba en nuestra casa cuando sucedió la pelea con Alphonse Clerc.

—Sí, estoy al corriente. Una fatalidad.

—En primer lugar, gracias por recibirnos. Seguro que ha tenido que aplazar sus ocupaciones. Le robaremos solo unos minutos. No sé cómo decirlo... verá... dicho sea con todo el respeto, mi esposa y yo creemos que una pelea sin consecuencias, salvo un moratón en la nariz, no justifica que nuestro criado esté en una mazmorra sin aire ni luz, muriéndose de frío y cargado de grilletes. Este establecimiento, sin duda, dispone de mejores condiciones para custodiar a un reo.

—Comprenderá —frunció el ceño— que se enfrenta a un cargo de intento de homicidio.

—Eso es una exageración —protestó la mujer.

—Hay testigos, me temo.

—Cierto —prosiguió el padre tratando de no mostrarse descortés, pero tampoco débil—. Entre ellos, mi hija, sin duda la más cualificada. Desearía sobre todas las cosas mantenerla al margen de todo esto, pero no podemos consentir que el que trató de defenderla de quién sabe qué intenciones del joven Clerc, cuya reputación conocerá sobradamente, esté encerrado en ese lugar. Si ella debe declarar ante el juez, lo hará, descuide. Pero ahora solo se trata de atenuar el rigor de su encierro.

—¿Quiere usted decir que...? —El rostro del prefecto pareció dibujar un letrero con la frase «ya me lo temía yo».

—Entiendo que usted no puede decidir sobre su responsabilidad, eso depende del magistrado, pero sí sobre sus condiciones. Le ruego encarecidamente que le traslade de celda, solo eso.

El prefecto reflexionó unos instantes. Él formaba parte del entramado. ¿Cuántos años llevaba ya en aquel remoto confín de Francia? Se daba cuenta de que su deber como funcionario, su vocación de servicio a la sociedad, se había ido diluyendo entre convenciones, fiestas y compromisos. Allí, en la apacible ciudad de Saint Pierre, nunca ocurría nada digno de mención, pequeños altercados de taberna, algún robo de ganado, nada. Pero ante aquellas malditas elecciones todo estaba enrarecido, como el aire cargado de azufre. La versión del suceso que sostenían los señores Berard sin duda era cierta. Más de una vez los gendarmes habían tenido que llevar a su casa al señorito Clerc o haber mirado hacia otra parte cuando llegaban las denuncias de sus escándalos. Pero en aquel momento un hombre inocente se jugaba la libertad y la vida. Y, sin embargo, él no podía mover un solo dedo sin que todo tuviera unas repercusiones políticas que se le escapaban y que hacían peligrar su estatus y su tranquilidad.

—Señores —habló al fin—, en efecto será el juez quien decida el destino de Auguste, yo poco puedo hacer. El delito que se le imputa es extremadamente grave, aunque confío en que todo se solucione de la mejor forma posible. En todo caso, si su comportamiento es el adecuado, podremos pensar en trasladarlo dentro de unos días, pero habrá que aguardar un poco.

—Hasta el día once, ¿verdad? Hasta las elecciones.

—Me pone usted en un aprieto, señor Berard. Ya sabe que nosotros, los empleados públicos...

—Sí, estamos sujetos al imperio de la Ley, no a la conveniencia de los vecinos ricos. —Vincent tuvo que contenerse para no dar un puñetazo sobre la mesa.

—¡Me ofende! ¿Insinúa que...?

—No, por favor, no me malinterprete. —Trató de moderar su tono—. Como bien dice, sé cuáles son las obligaciones de todo funcionario y la responsabilidad en que incurre si no cumple con ellas. Entiendo que cualquier cambio en la situación de Auguste antes del día once se puede malinterpretar y usted debe velar, ante todo, por la paz pública, pero a partir de entonces puede ordenar sin problema el traslado del preso. Si el partido de Clerc ha ganado las elecciones no se acordará de este hombre ni se molestará por que mejore un poco su situación, incluso nosotros le pediremos que retire los cargos y seguramente sea generoso en el momento de la victoria. Por el contrario, si gana el partido mulato, la crueldad con Auguste puede ser mal entendida. La mazmorra, las cadenas... Recuerde que el senador Knight, también negro, es el candidato que apoya el gobierno y el día siguiente a su elección le pediré audiencia para que interceda por él y, si no me recibe, iré a Fort de France para hablar con el propio gobernador si es necesario. Un telegrama al ministro de Colonias sería cuestión de minutos. A ninguno nos interesa que este asunto trascienda. Por favor, a partir del día doce.

—Lo pensaré —accedió malhumorado.

—Hágalo como favor a un compañero. —Intentó cerrar el acuerdo congraciándose con el prefecto—.

Nosotros sabemos de las estrecheces de la función pública, del sueldo escaso, de los destinos que nos llevan de un lado a otro, del desarraigo, de la incomprensión... No lo vea como una cuestión de justicia sino de compañerismo. Solo le pido una celda amplia, con luz y calor. Nada más.

—Conforme, pero el día doce. Por ahora, como gesto de buena voluntad, ordenaré que le quiten los grilletes, si usted me garantiza que no tratará de autolesionarse.

—Tiene usted mi palabra, señor Thévenet.

—Y nuestro agradecimiento —apostilló Agnes.

DONDE SE DESCUBRE QUE UNA EMPANADA
ES UNA BUENA FORMA
DE OCULTAR UN SECRETO

X

Julie esperaba ansiosa mirando por la ventana. Sus padres habían acudido a la gendarmería, a la cárcel. Ella insistió en acompañarles, pero se negaron.

—Quédate con Melas y no salgas de casa —le habían dicho.

Por si la orden no hubiera quedado suficientemente clara, también insistieron a la criada cuando se despedían.

—Melas, por favor, que la niña no salga. No sabemos qué nos puede traer esta desgracia. Echa la llave y no abras aunque se presente el obispo en persona.

—Así lo haré, señor Berard. Estará bien cuidada.

La joven, recluida en su cuarto, se maldecía interiormente por su ingenuidad. ¿Por qué no habría escuchado los avisos de la prudencia? Cuando se quedó rezagada del grupo de niñas, cuando apareció Alphonse y su hermana corrió ladera abajo, ¿por qué no lo hizo ella también? En vez de sentirse aliviada por cuanto pudo suceder y no ocurrió, sentía un asfixiante peso en la conciencia, como si todo se hubiera debido a su ligereza o al menos a su curiosidad. Entre tanto, Sansón estaba preso. Le habían golpeado y quién sabe qué penalidades estaría sufriendo. «Todo por mi culpa», pensaba, pero de inmediato se respondía a sí misma: «Pero ¿por qué? Yo no hice nada malo».

—Señorita —decía Melas en su papel de carcelera—, ¿le sirvo algo?

—Yo no tengo apetito, pero tú estarás hambrienta. Vamos a la cocina.

—No, usted quédese aquí.

Si no hubiera sido por su estado de excitación nerviosa, la autoridad de Melas le hubiera parecido cómica.

—No estoy bajo arresto. Solo te han pedido que te quedes al cuidado de la casa. Podemos almorzar, no te preocupes.

A pesar de su desconfianza, la perspectiva de un buen pedazo de empanada hizo a Melas bajar el rigor de su vigilancia.

—De acuerdo. Pero un instante nada más —concedió.

En el momento en que las dos mujeres se ponían en pie, Julie miró a través de la ventana y vio, entrando en la rada, el casco esbelto de la *Rosaline* con todo el velamen desplegado.

Aunque el incidente de la finca de los Clerc había mantenido sus nervios atenazados, no había olvidado la sonrisa y la voz de aquel joven marinero que se ofreció tan gentilmente a traerle libros, el chico que recitaba a Virgilio. Al principio contó los días que faltaban hasta el regreso de la goleta, hasta que todo se nubló, hasta aquella tarde aciaga. Pero allí estaban de nuevo los mástiles enhiestos, balanceándose con elegancia en medio del gran espejo azul de la bahía de Saint Pierre. ¿Qué había cambiado en aquel tiempo? Mucho, sin duda, pero ella era la misma. ¿Debía pagar con olvido o desprecio hacia aquel *matelot* el daño que otro le había causado? No. Hubiera sido terriblemente injusto. En todo caso, ¿qué había de malo en volver a verlo y tomar el libro que con seguridad le habría traído? En aquel momento, Marcel le pareció la antítesis de Alphonse. La humildad y el esfuerzo frente al orgullo vacío, el hombre que se abre camino en la vida a costa de su trabajo, soñando con ahorrar para estudiar y superarse frente al que ya lo tiene todo y malgasta en vicios y holgazanería la posición ventajosa que le deparó el destino.

¿Se sentía con fuerzas para bajar hasta el muelle? Él desembarcaría llevando su libro en la bolsa y la buscaría en cuanto pisara tierra. O quizá no y su palabra fue una promesa de las que se lleva el viento. ¿Acaso eran así todos los hombres en aquellas tierras? ¿Serían así todos los hombres, sin diferenciar lugar ni tiempo? No. No le pareció una persona inconstante ni falsa. Pero ¿no se enfrentó a Sansón en la misma puerta de su casa? A pesar de su apariencia de chico tímido, el que pilota un navío de isla en isla y se encara a las borrascas no puede permitirse dar cobijo al miedo.

La goleta finalmente se detuvo mientras arriaba las velas. Las labores de atraque eran lentas. Marcel necesitaría un buen par de horas hasta poder descender del navío y acudir al edificio del muelle. Julie sabía que Melas no le permitiría salir de casa, así se lo había ordenado su padre. ¿Pensar o sentir? Era el momento de usar la razón para evitar que el corazón se desbocase.

—Salgamos, vamos a dar un paseo hasta la Place Bertin. Llevamos muchos días sin salir. Nos pondremos la ropa nueva. ¿Cuánto hace que no caminamos? ¿Quieres llegar hasta el jardín botánico? Dicen que está precioso. —Y añadió cambiando de tono—: Ya no puedo seguir más tiempo encerrada.

—Pero, niña, ¿qué te pasa?

—Ay, Melas, desde el maldito día de la fiesta no he cruzado la verja del jardín. No lo soporto más, parece que yo hubiera cometido un crimen en vez de... —En ese momento se acordó de Sansón, injustamente encerrado por su causa, y de nuevo la sensación de culpa la invadió.

Julie se sentó en la banqueta giratoria del piano y miró de nuevo los mástiles de la *Rosaline* como un preso que ve volar un pájaro sobre su celda. «Pobre Sansón... y pobre Marcel», se dijo, mientras lo imaginaba en pie, a la puerta de la aduana con el libro en sus manos.

Entre tanto, Melas salió del cuarto dejando a Julie sola con sus reflexiones, respetando su angustia, su deseo de soledad... y bajó a la cocina.

Pero ella no era una mujer de las que se dejan llevar por la fatalidad. Se sentó a su mesa y comenzó a escribir. Así permaneció durante pocos minutos, luego leyó la hoja y finalmente la rasgó en pequeños pedazos. Tomó otro papel en blanco y, aún con mayor resolución, escribió una nueva carta. Se puso en pie y se acercó a la estantería. Miró sus libros y los fue tocando con la yema del dedo hasta que finalmente sacó uno de lomo anaranjado, *Colomba*, de Mérimée, introdujo el papel entre sus páginas y, sin hacer ruido, bajó las escaleras. Al llegar a la puerta del despacho de su padre, entró sigilosamente y cogió un sobre con membrete: *Aduana de Saint Pierre de la Martinica. Ministerio de Colonias.* Introdujo el libro en él, lo cerró y escribió en la solapa: *Para el señor Marcel Hollister, de la goleta* Rosaline*. Entregar en mano. Documentación oficial.*

Caminó hasta la cocina, donde halló a la criada dando buena cuenta del último trozo de empanada.

—¡Melas! —gimió, con aire teatral—. ¿Mi padre no te ha comentado nada de estos documentos?

—¿De qué, señorita?

—Acabo de verlos ahora, al bajar. Anoche nos lo dijo en la cena. Al parecer, son muy importantes, se juega el puesto si no los entrega. Algo para el gobernador en Fort de France. Seguro que con la visita a la gendarmería lo ha olvidado. ¡Dios mío! Esto es incluso más grave que lo del pobre Sansón. Puede venirnos la ruina a todos. ¿Te das cuenta? ¡El gobernador de la Martinica!

Melas tragó como un pavo el último bocado y se puso en pie, descompuesta.

—Ay, niña, ¿qué hacemos?

—No lo sé... quizá ir a buscar a mi padre... a la cárcel.

La mulata dio un paso atrás, horrorizada ante aquella perspectiva.

—Claro que, si lo llevas ahora mismo a la aduana, todo quedará resuelto.

—Pero a mí me han mandado cuidarte.

—Melas, si esto no llega al gobernador a tiempo, me temo que ya no habrá aquí nadie a quien guardar dentro de una semana.

La mención al gobernador hizo su efecto. En cuestión de segundos la buena mujer corría calle abajo, mirando de reojo la ventana en la que Julie quedó bien visible sentada al piano, «presa bajo palabra» como los nobles de antaño.

Quienes la vieran correr de aquel modo imaginarían que ardía su casa o que su hijo regresaba del ejército. Melas llegó a la plaza, sorteó los puestos del mercado que obstaculizaban su carrera y no devolvió los muchos saludos que, en varias lenguas, le dirigieron sus conocidos de siempre.

Cuando entró en el muelle sus pasos sonaron sobre las tablas como el redoble de un tambor. Abrió la puerta de la aduana y subió las escaleras.

—Un recado urgente del señor Berard —exclamó, con la respiración entrecortada.

—Gracias. Yo me hago cargo de él —dijo François

el ayudante, mientras leía el sobrescrito con curiosidad.

—Es importantísimo.

—Ya veo —contestó, viendo el rostro congestionado de la mujer. Se acercó a la ventana abierta y gritó:

—¡Marcel!

Al fondo, disponiéndose a bajar a la chalupa para regresar al navío, el joven volvió la mirada.

—¡Marcel, tienes un paquete del señor Berard! ¡Aguarda, por favor!

Mientras la criada permanecía en la sala de espera, recostada en el banco recuperando el resuello, el viejo aduanero salía en busca de Marcel, que regresaba sobre sus pasos.

Poco antes, cuando Marcel entró en el edificio esperando encontrar a Julie, seguro de hallarla, sintió una punzada aguda en el corazón. Ella no estaba. Todas sus ilusiones, aunque no consistieran más que en charlar, oír de nuevo su voz y comentar este o aquel libro, se desvanecieron de un golpe cuando vio el antedespacho vacío. Sí, era un ingenuo. Una mujer así jamás perdería medio minuto con un simple marinero.

Recogió sus documentos sellados y descendió las escaleras con el alma rota, con una mezcla de rabia y de vergüenza. Caminó muelle adelante, hacia el mar, donde le aguardaba el bote de la *Rosaline*. Pero en el momento en que ya ponía el pie en la escalerilla de cuerda oyó la llamada de François. Como la voz del ángel que detuvo el puñal de Abraham, así escuchó Marcel su nombre. Se dio la vuelta rápidamente. Sus esperanzas, sus ilusiones apenas apagadas de un soplido se reavivaban también de golpe y aún con más fuerza.

—Toma —le dijo el ayudante—. Este paquete me lo acaba de traer la criada del señor Berard. Dice que es urgentísimo, pero venía jadeando y no he sido capaz de entender de qué se trata. Menos mal que viene tu nombre escrito. Aunque esta no me parece su letra.

—Gracias —respondió Marcel palpando el bulto inconfundible de un libro dentro del sobre cerrado—. Lo estaba esperando.

Con el envoltorio apretado contra el pecho subió al barco. Corrió a su cabina y rasgó ansiosamente el papel. Sacó un libro pequeño de cuyas páginas sobresalía una hoja plegada. Como si fuera la concesión de un indulto la leyó con avidez. Su corazón saltaba.

Era de ella. ¿Cómo podía haberlo dudado?

No he encontrado otro medio que una pequeña mentira para hacerte llegar esta carta antes de que vuelvas al mar. Me duele profundamente no poder dártela yo misma, pero algo ha ocurrido que me impide, incluso, dar un solo paso fuera de casa. Quizá algún día pueda explicártelo porque ahora me resulta extremadamente difícil intentarlo siquiera. Cuando regreses, si todo ha vuelto a su cauce, podré espe-

rarte en la aduana y hablar de libros y de barcos, ojalá. Nunca se aprecia mejor la luz que después de atravesar la oscuridad, el placer del silencio cuando cesa el ruido y la nobleza tras haber sentido la maldad.

Toma este libro, es tuyo. Habla de una mujer valiente como yo hubiera querido ser y ahora entiendo que no seré nunca. Si no volvemos a vernos, al menos guárdalo como recuerdo de un breve pero maravilloso instante.

¿Qué significaba aquello? La releyó varias veces hasta decidir si aquellas palabras le daban la vida o se la arrebataban. ¿Pero acaso no describía como «maravilloso» un encuentro tan fugaz? Ella no estaba en el lugar de la cita, pero se hacía presente de una forma mucho más intensa, palpitante, por medio de aquel pedazo de papel que abría una ventana en su alma.

Daba gracias a Dios y a su fortuna. Nunca antes se había sentido tan dichoso, con semejante ansia de conquistar el mundo. Volvió a apurar sus renglones una y cien veces saboreando sus últimas frases, hasta que se detuvo en el profundo dolor que destilaban las primeras. ¿Qué había ocurrido? ¿Una discusión familiar? ¿La muerte de alguien cercano?

En ese momento el sol se ocultó. Desde la ventanilla redonda de su cabina solo veía un círculo azul de cielo y mar, pero en cuestión de segundos todo se tornó gris. El ruido tardó aún unos segundos en llegar. Un trueno lejano y bronco hizo vibrar la tablazón de la *Rosaline*.

Marcel salió a cubierta con el libro y alzó la vista.

El Mont Pelée lanzaba una alta columna de humo negro que ascendía con majestuosidad, rebasaba las nubes y poco después se ensanchaba como un gran árbol cuyas ramas despeina el viento. En una de sus laderas se abría una enorme grieta que parecía comunicar directamente con el infierno, justo en el instante en que él se asomaba al paraíso. La montaña estaba lejos, a varias millas, pero la imagen que ofrecía era sobrecogedora.

Entre tanto, Julie rezaba para que Melas regresara antes que sus padres. No hubiera sabido cómo explicar aquel ardid para entregar una carta.

La explosión la dejó paralizada. Desde hacía tiempo se especulaba con una erupción, al parecer era un espectáculo magnífico. Los más ancianos recordaban la de 1851, cuando las familias acudían a las laderas del monte para contemplar a lo lejos los ríos incandescentes entrando en el mar entre vapor y estruendos. Pero ella tuvo miedo. Desde su ventana vio cómo la gente se quedaba paralizada, algunos se santiguaron, otros señalaban el penacho de cenizas como si fuera un ave pintoresca, pero al cabo de unos minutos todos continuaron su camino.

Al momento llegó Melas. Julie corrió a abrazarla, sin saber si mostrar su terror por la explosión o su agradecimiento por el favor prestado... a su padre.

—¿Te has asustado, hijita? No pasa nada. La montaña está lejos. El verdadero peligro está en el corazón de las personas, de eso no tengas duda.

Apenas hubo pronunciado esas palabras cuando se escuchó la voz del señor Berard entrando en la casa con su esposa cogida del brazo.

—Julie, hija, ¿has visto eso? Mira, mira qué alto ha subido la columna de cenizas. Dicen que tardará unas horas en caer sobre el mar, pero, si cambia el aire, mañana amanecerá la ciudad blanca como si hubiera nevado. Hay que recoger la ropa y tapar las flores del jardín. Gracias, Melas, por cuidar de ella.

Para impedir que hablara del sobre y la visita a la aduana, Julie intervino.

—Melas ha estado pendiente de mí toda la mañana. Menos mal que estaba aquí cuando la explosión, menudo susto.

La criada pensó que Julie deseaba dar a su padre una sorpresa o incluso no hacerle caer en la cuenta de su descuido. Ella ya sabría cómo cobrarse el precio del favor y de su silencio. En la despensa había encontrado una caja llena de pastas de mantequilla.

La familia se reunió en la salita. No fue necesario que Julie preguntara. Sus padres describieron la situación de Sansón evitando mencionar los detalles más escabrosos, lo oscuro y lóbrego de su mazmorra, los grilletes en sus tobillos y los cardenales que le marcaban el rostro.

—Hemos hablado con el prefecto. Ya sabes que estas malditas elecciones lo han ensuciado todo, pero nos ha prometido que a partir del día doce hará todo lo posible para hacer su prisión un poco más cómoda. Ese mismo día hablaremos con quien sea necesario para sacarlo, aunque tengamos que entregar como fianza todos nuestros ahorros. Por ahora le hemos llevado comida y ropa. No te apures, está bien, déjalo en nuestras manos, hija.

Una estatua de nieve caliente

XI

Marcel hubiera deseado que el cargamento de azúcar de la fábrica Guèrin hubiera necesitado no tres sino trescientos días para embarcarse. Los dos vaporcillos que iban y venían con los toneles cruzaban la rada de Saint Pierre como dos pequeños juguetes entre los imponentes buques fondeados: el *Suchet*, de la marina de guerra, el *Roddam*, el esbelto *Diamant* de la compañía Girard o la *Mariette*, recién llegada de Bayona. En otras circunstancias, Marcel hubiera prestado toda su atención a aquellos hermosos navíos pero su mente, ahora, estaba en otro lugar, clavada en un punto rojo entre los tejados de pizarra.

Disponía de tres días a los que debía restar muchas horas para las maniobras buque.

Trataba de entender, entre las pocas líneas de la carta, las claves de lo que sucedía en el corazón de Julie. Algo grave, algo penoso la hacía mencionar lo oscuro y lo malvado de la vida. Estaba herida, pero ¿por quién? ¿Y por qué aplazaba para un mañana incierto el momento de volver a verle, de intercambiar libros y palabras? No, eso no podía aceptarlo. Necesitaba verla, a costa de lo que fuera, hasta de subir al mismísimo cráter del volcán para gritar desde allí su nombre. Pero ¿por qué se estremecía? Era capaz de enfrentarse a un gigante como Sansón, de enfilar la proa de la *Rosaline* hacia una tormenta sin que le temblara el pulso y, sin embargo, los pocos gramos de papel de aquella carta le hacían tambalearse como una rama flotando a la deriva.

Reflexionó —al menos se esforzó en hacerlo— y cayó en la cuenta de que la misma argucia que ideó Julie para hacerle llegar su carta podía funcionar también en sentido inverso. Aquella turbación le producía efectos contradictorios, miedo por un lado y valor por otro. ¿No era así como alguien describió el sentimiento cuyo nombre se negaba a pronunciar? Un poema español vino a sus labios sin llamarlo.

> *Desmayarse, atreverse, estar furioso,*
> *áspero, tierno, liberal, esquivo,*
> *alentado, mortal, difunto, vivo,*
> *leal, traidor, cobarde y animoso;*
> *no hallar fuera del bien centro y reposo,*
> *mostrarse alegre, triste, humilde, altivo,*
> *enojado, valiente, fugitivo,*
> *satisfecho, ofendido, receloso;*
> *huir el rostro al claro desengaño,*
> *beber veneno por licor süave,*
> *olvidar el provecho, amar el daño;*

creer que un cielo en un infierno cabe,
dar la vida y el alma a un desengaño;
*esto es amor, quien lo probó lo sabe.**

Amor, sí. ¿Por qué no llamarlo por su nombre? ¿Puede nacer el amor en un instante, de una mirada, de una risa? ¿Pero acaso no puede surgir el peor incendio de una sola chispa?

En lugar de la pluma delicada y el papel de cartas, Marcel solo disponía en su cabina de un lápiz grueso y papel basto, tan útil para echar cuentas como para envolver cecina. Pero escribió, y también como Julie, rompió la primera hoja, y la segunda, y la tercera.

¿Qué decirle cuando las palabras se agolpan en la mente y terminan por no salir, o lo hacen atropelladamente? ¿Cómo dirigirse a una persona con quien apenas había cruzado unas pocas frases y con la que, sin embargo, soñaba despierto desde entonces? ¿Se mostraría atrevido o prudente? Si ella amaba los buenos libros, ¿valoraría una buena redacción o le parecería un pedante engreído? Todo eran dudas y confusión, todo menos una idea que le atormentaba: debía verla.

A la mañana siguiente Marcel bajó a tierra. Atravesó la plaza y subió la calle empinada sin oír voces

---
* Félix Lope de Vega, *Soneto*.

ni sentir cansancio. En cuanto vio la verja de la casa, se detuvo. ¿Y ahora? ¿Aparecería aquel gigante para hacerle pagar la cuenta pendiente? Si tenía que suceder así, valdría la pena.

Permaneció paralizado varios minutos, hasta que notó que algo extraño le irritaba los ojos. ¿Estaba nevando? Él nunca había visto la nieve más que en los grabados de los libros, pero ¿qué otro fenómeno podía ser si no? Sin embargo aquel polvo blancuzco estaba tibio. Eran cenizas. La nube que expulsó el monte había permanecido varias horas en la atmósfera sostenida por el viento y ahora se depositaba suavemente sobre la isla y el océano. Poco a poco todo se fue apagando, desaparecieron los colores y la ciudad se convirtió en un dibujo grotesco y fantasmal.

En la casa de Julie se abrieron las puertas y tres figuras salieron apresuradamente, cargadas de telones y sábanas. Se dirigieron a los parterres de flores en medio del jardín. Julie corría, se agachaba, se recogía el pelo que, rebelde, se soltaba de nuevo en cada movimiento de su cuello. En pocos minutos concluyeron su trabajo tiznadas como si hubieran deshollinado una chimenea. Se miraban y reían. Eran felices. Cualquiera que fuese la pena que aprisionaba el corazón de Julie, allí, en su casa, junto a su madre, todo parecía olvidado.

Ya se disponían a entrar en la casa cuando Julie giró la vista. Junto a la verja advirtió una figura llena de ceniza y extrañamente quieta. ¿Por qué no corría a resguardarse como todos los que pasaban por la calle? Entonces vio la bolsa y ahogó un grito de sorpresa, de esos que no pueden disimularse bajo ninguna norma de educación ni conveniencia porque brotaba directamente del alma. Y corrió hacia él.

—¿Marcel? ¿Eres tú?
—Sí. —Titubeó—. Recibí tu carta.
—Ah... —Se ruborizó.
—He traído tus libros. Están aquí.

Solo entonces Marcel se dio cuenta de su aspecto, el más inapropiado para impresionar a una mujer, casi como un espectro salido de la sepultura, pero con una enorme sonrisa que ni la mayor nube hubiera sido capaz de ocultar.

La madre se acercó, sorprendida de ver a su hija bajo aquel particular aguacero y hablando con una estatua de ceniza.

—¿Julie?
—Oh, mamá... sí, ya voy.

Pero Marcel, de forma inconsciente, se rebeló ante la marcha de la joven. No podía consentirlo, dos palabras no eran bastantes.

—¿Señora Berard? Buenos días. He traído un encargo de Fort de France. Hace tiempo su hija me pidió unos libros de la biblioteca Schoelcher y he subido a entregárselos personalmente. De haber sabido... esto —señaló hacia el cielo— los hubiera dejado a su atención en la aduana para que el señor Berard los hubiera traído esta tarde.

Julie no salía de su asombro. Marcel se mostraba encantador, amable y, a fin de cuentas, no ocultaba la verdadera causa —o excusa— de su aparición.

—Oh, siendo así, pase, por favor, hasta que caiga del cielo todo lo que esté escrito, si es que termina alguna vez.

Y de ese modo, Agnes Berard abrió a Marcel la puerta de su casa, un hombre irreconocible bajo la nieve caliente del volcán.

En cuanto entró en el vestíbulo, Melas se quedó horrorizada.

—¡Señora!

Agnes siguió detrás.

—Descuida, Melas, es un caballero que viene del puerto a traer un encargo. No podía dejarlo en la calle.

—Lamento manchar todo esto —dijo Marcel, no sabiendo cómo comportarse.

—No se preocupe, nosotras ya lo hemos puesto todo perdido. Por un poco más, no se va a notar. Por favor, Melas, acompaña al señor...

—Hollister, Marcel Hollister, el contramaestre de la *Rosaline*.

—Bonito nombre para un barco.

—Y precioso barco, si me lo permite.

—Por favor —continuó—, acompaña al señor Hollister a asearse. ¿Se tomará un café?

Melas guio al muchacho hacia la cocina, mirándolo de hito en hito y sin ser capaz de identificar bajo aquella figura desconcertante al chico que habló con la niña en el antedespacho de la aduana.

Entre tanto, Julie no daba crédito a lo que veía. Marcel estaba en su casa, blanco como si lo hubieran espolvoreado de harina y sonriendo a su madre con la amabilidad de un vendedor a plazos.

—Julie, hija, que estás atontada. Muévete. Anda, prepara café.

Al cabo de unos minutos regresó Marcel. Con el pelo mojado pero nuevamente rubio y la ropa más o menos cepillada, recuperaba su apariencia humana. Buscaba a Julie con mirada cómplice y ella no sabía si devolvérsela, reír, llorar, gritar... o comportarse como una señorita educada.

—Siéntese, por favor —le invitaba amablemente la señora Berard—. ¿Toma el café con azúcar? ¿Quizá con ron?

—No, por favor. Aunque decir esto en la Martinica es casi una blasfemia, odio el ron. En el fondo, si no fuera por él, tendría que buscar otro trabajo, pero prefiero transportarlo y no beberlo.

—Compartimos su opinión. —Rio—. Julie, hija, siéntate, no seas descortés. ¿Decía que había traído... unos libros?

—Así es. La última vez que atracamos en Saint Pierre tuve el placer de comentar a su hija, frente al despacho de la aduana, que en Fort de France existe una biblioteca excelente y me ofrecí a traerle estos libros. No sé si lo recuerda, señorita.

—S...sí, sí —tartamudeaba.

—Aquí están, y me da la impresión de que vienen en el momento más oportuno, o más inconveniente, según se mire: *Los últimos días de Pompeya*, las *Cartas* de Plinio el Joven y este otro.

Julie vio el libro de poemas de Verlaine del que sobresalía una hoja plegada y se apresuró a cogerlo de sus manos sin atreverse a abrirlo.

Melas sirvió el café —bastante escamada— mientras los terrones de azúcar se diluían con el tintinear de la cucharilla contra la porcelana.

—¿Hace con frecuencia la travesía desde Fort de France? —preguntó la madre para romper el silencio.

—Sí. Nuestra compañía sigue una ruta por todas las Antillas menores, Fort de France y Saint Pierre son solo dos escalas. Ahora permaneceremos aquí tres días, esperamos un cargamento de la fábrica Guèrin y el buque tiene demasiado calado para atracar en su pequeño muelle, así que ellos nos lo envían poco a poco. Partiremos mañana por la noche, con la segunda marea.

Al hablar de «nuestra compañía» cualquiera lo hubiera creído un rico armador en vez de un pobre marinero lleno solo de ilusiones, pero ante la madre de Julie podía resultar útil aparentar algo más.

—¿Extrañan ustedes Francia? Quiero decir el continente, claro. —Al formular la pregunta en plural tuvo excusa para mirar directamente a Julie, que se sonrojaba y palidecía alternativamente.

—Un poco. Esto es pequeño y aquí las cosas funcionan de otro modo.

—Ah, las colonias. Siempre fieles y siempre alejadas, desconocidas. Yo creo que todo francés debería hacer un viaje por las colonias... y todo colono, pasar una temporada en París, lógicamente.

Las dos mujeres rieron —con acentos bien distintos— y Agnes añadió:

—No sé por qué, todos piensan que venimos de París. No, dejamos nuestra casa en Cherburgo, en Normandía.

—Perdonen la confusión, efectivamente tenemos la mala costumbre de identificar a toda Francia con la capital. Magnífico puerto el de Cherburgo, quizá el mejor del Canal. Creo que sabría nombrar todos los puertos atlánticos de memoria, desde Dunkerke hasta Capbreton. Me gusta estudiar las cartas de navegación aunque nunca haya pasado más allá de Puerto Rico. Quizá alguna vez cruce el océano. Si necesitan algo de Fort de France o de cualquier otra parte de las Antillas, nuestra goleta fondea aquí aproximadamente cada dos semanas. No tienen más que decírmelo —de nuevo miró a Julie— que se lo traeré personalmente. Sentir la tierra debajo de los pies después de tanto caminar sobre tablas y con el mar debajo es una sensación que pocos aprecian.

—A pesar de los temblores —añadió la madre—. Creo que la Martinica se parece cada vez más a un barco que zozobra y menos a la tierra firme.

Julie no salía de su asombro. Aquel chico tímido, amante de los libros y de la soledad del mar, con la mayor naturalidad se estaba metiendo a su madre «en el bolsillo». Era inaudito. Ella no sabía si reír, callar o abrazarle allí mismo.

Un rumor monótono empezó a oírse tras los cristales. Llovía. El aguacero cotidiano llegaba puntual, como un particular servicio de limpieza para llevarse la ceniza.

—Creo que debo marcharme, ya he abusado demasiado de su hospitalidad.

—No, en absoluto —se apresuró a decir Julie, que al punto se arrepintió de mostrar tan a las claras su deseo de compartir mesa y tiempo con Marcel.

—Hija, el señor Hollister tendrá que hacer muchas cosas en su barco. No podemos retenerle más.

Con exquisita cortesía, Marcel se puso en pie y se despidió de sus anfitrionas, tratando de que la voz no le temblase al despedirse de Julie. Ante la perspectiva de un «hasta la vista» sin fecha, tuvo una última idea.

—Señoras, ¿me harían el honor de acompañarme mañana al Jardin des Plants? Se dice que en esta época está precioso. Espero que la lluvia lo vuelva a dejar en condiciones y mañana luzca radiante. Al menos, tanto como su flamboyán.

Agnes Berard no supo qué contestar ante la invitación, pero Julie saltó como un resorte antes de que su madre se inventase alguna excusa.

—Será un placer, señor Hollister.

—¡Niña! —la recriminó la madre por si parecía una chica atrevida.

—Hasta entonces, señoras. —Y con una ligera inclinación, se dio media vuelta y se dirigió a la salida.

—Un paraguas —balbució Julie—. Al menos llévese un paraguas, mañana nos lo devolverá.

Julie lo acompañó mientras Agnes recogía las tazas. Tenían un instante, nada más. Estaban en la puerta, bajo la lluvia que les caía como torrentes por el cabello.

—Julie... —dijo Marcel, y no supo cómo seguir.

Ella le miró a lo más hondo de los ojos.

—Gracias por venir. Gracias por todo. Hasta mañana.

Y cuando le entregó el paraguas, su mano de piel blanca rozó la de Marcel, curtida por el aire del mar, y así permanecieron unos segundos, petrificados.

—¿Julie? —se escuchó desde dentro.

Marcel echó a correr sin saber adónde, debajo de un gigantesco paraguas que amenazaba con engullirlo. Giró la cabeza y en su mirada de despedida a Julie hubo más palabras que en todos los libros acumulados en la gran biblioteca de Fort de France.

DONDE UN PEQUEÑO DIABLO
ABRE LAS PUERTAS DEL PARAÍSO

XII

—Qué muchacho tan encantador —murmuraba Agnes Berard mientras se llevaba las tazas.
—Sí. —Julie intentaba hablar, pero la voz no le salía.
—Espero que no te haya tomado por una joven alocada. Deberíamos haber declinado su invitación. Pero ya no hay remedio.
—No. —Trataba de responder.
—Anda, sube a darte un baño, que falta nos hace a todas. Espero que tu padre estuviera en el despacho y no se haya manchado el traje.

Algunos comerciantes recogían la ceniza que arrastraban los regueros de lluvia para mezclarla con cal y venderla más tarde como cemento. No perdían una sola oportunidad para hacer negocio. Una pala estuvo a punto de golpear a Marcel, que caminaba en dirección al puerto como si estuviera ebrio, recordando su atrevimiento. ¿Podría pensar Julie que era un falso, un descarado? No. Su mirada, su expresión no podían mentirle. Y aquel segundo en que tocó su mano... la observaba tratando de buscar en ella alguna señal, como la quemadura de un hierro candente que deja en la carne una cicatriz de por vida.

En la Place Bertin todo recuperaba la normalidad, los puestos callejeros extendían sus esteras con frutas y pescados y volvían a escucharse los gritos de las vendedoras.

El mar estaba aún ennegrecido. Poco a poco las olas diluían la capa de ceniza que quedaba concentrada en rodales, flotando a lo lejos como redes perdidas por los pescadores. La playa estaba marcada por un surco negro allí donde llegaba el oleaje. Todo parecía sucio, como una casa cerrada durante años en la que el polvo señala el hueco de los cuadros. Pero Marcel no podía imaginar nada más cercano al paraíso, una mañana más luminosa.

Julie fue incapaz de resistir más tiempo. Subió corriendo las escaleras, entró en su cuarto, cerró la puerta y buscó desesperadamente la hoja de papel plegado dentro del libro de Verlaine.

Julie:
Por favor, disculpa mi atrevimiento, pero no puedo aceptar el «hasta nunca» de tu carta. Alguien te ha hecho daño, debe de ser el diablo porque dañar a un ángel no está al alcance de un simple mortal. Desde que hablamos, todo anda trastocado, no soy yo mismo, o quizá lo soy más que nunca. No lo sé, no entiendo nada, no puedo pensar pero tampoco dejar de sentir. Si no deseas volver a verme, dímelo, el océano es

inmenso y desapareceré de tu vida para siempre, pero, si deseas que te olvide, me temo que no hay mundo bastante para esconder tu recuerdo.

Julie se dejó caer en la butaca frente a la ventana y, sencillamente, aceptó sin resistencia lo que su alma le exigía a gritos. Tal como Marcel confesaba en su nota, no había lugar para la reflexión, nada tenía que hacer allí la razón humana, el corazón era el único órgano capaz de mover los resortes del cuerpo.

¿Cómo trascurrió el resto de aquel día? No hubiera sido capaz de recordar un solo minuto más de él, si leyó, si tocó el piano, si ayudó en las faenas de la casa o sencillamente permaneció sentada como una estatua viendo cómo el sol se escondía detrás del océano mientras se balanceaban los mástiles de la *Rosaline*.

No durmió, pero tampoco dejó de soñar. Marcel había estado allí, junto a ella, la había mirado, había tocado su mano y ahora mismo, entre sus dedos, una carta demostraba que todo aquello era real y no un delirio de fiebre.

Llegó la mañana. El cielo estaba despejado, la lluvia y el viento lo habían limpiado y no quedaba apenas recuerdo de la ceniza. Julie saltó de la cama con una extraña sensación en la boca del estómago.

—¿No te encuentras bien, Julie? Estás muy pálida. ¿Has dormido mal? Si quieres, podemos quedarnos en casa. Ya avisará Melas al señor Hollister, quizá en otra ocasión...

—¡No! —se apresuró a decir—. Es ese gato grandullón, que no deja de gruñir. Ronca como un tabernero. Siempre se ha dicho que los gatos son silenciosos, pero nos ha tocado la excepción.

—Si es por eso, descuida, que esta noche dormirá en la cocina. Tú sabrás qué le has dado para que no quiera dejarte. Por más que lo echamos siempre encuentra el modo de entrar en tu alcoba.

Julie hizo un esfuerzo por desayunar y mostrarse alegre y habladora, por ser capaz de sostener una conversación coherente cuando todas sus potencias corrían calle abajo hasta el jardín botánico.

Marcel no había dormido un minuto más que Julie. También él pasó la noche dando vueltas en su cabina o paseando por cubierta, mirando con desesperación un reloj que gozaba torturándolo con su lentitud.

Pero al fin amaneció. Los sonidos de la ciudad llegaron a él antes que la luz del alba. Saint Pierre era madrugadora. Bajó a tierra y recorrió la Rue Petit-Versailles, donde se levantaban los comercios más elegantes. Nunca había prestado tanta atención a la compra de unos zapatos o al corte de una chaqueta, porque nunca antes había tenido la menor necesidad de mostrarse elegante ni atractivo. Frente a un espejo se vio disfrazado de hombre importante y entendió que no debía mentirse a sí mismo con algo que no le correspondía. Buscó de nuevo y halló, al fin, una ropa adecuada para un marino en tierra, bien confeccionada y a la vez cómoda. Desterró los botones dorados que tanto gustaban a los marineros con pretensiones de capitán y los pantalones de lona blanca, solo apropiados para el que nunca pisó una cubierta calafateada de brea. Se sintió a gusto y pensó que no debía perder más tiempo. Nunca se mostraría digno ante ella ni aunque le vistiera el sastre del rey de Inglaterra.

Paseó la plaza girando sobre sus cuatro vértices, desde el faro hasta el mercado, desde allí hasta la bolsa, hacia la embocadura del muelle y de nuevo al faro. Así lo hizo durante horas, sin prestar atención al trasiego apresurado de la gente y al lento desplazarse de los navíos. En su cabeza había ensayado doscientas frases educadas con las que saludar a la señora Berard y dos mil locuras que pronunciar ante Julie si el destino les concediese un único instante de soledad.

¿Qué hora sería? El reloj de la bolsa debía de estar estropeado, por más que lo miraba con insistencia apenas avanzaba unos minutos cada vez. Parecía haberse conjurado con el de su bolsillo para seguir aplicándole el tormento de la impaciencia.

Agnes Berard recordaba a Melas la lista de sus tareas. Hubiera querido que las acompañara al paseo, pero había asuntos en la casa —por ejemplo, encontrar y escarmentar al gato— que no admitían demora. Ellas dos acabarían las compras a su regreso del jardín botánico y se acercarían a la aduana para saludar al padre, que desde las primeras luces de la mañana estaba en su despacho tramitando papeles.

—Adiós, señoras —se despidió Melas.

Las dos mujeres de la familia Berard caminaron calle abajo.

—No corras, hija —se quejaba la madre.

Julie trataba de refrenar su paso. Allí, al final de la cuesta, se abría la plaza. «¿Habrá llegado ya Marcel?», se preguntaba con ansiedad.

Mientras Agnes se detenía mirando los puestos y comparando precios, Julie escudriñaba cada rincón, desesperada por encontrarse entre aquella multitud.

Al fin se vieron. Sus miradas se cruzaron a la vez, como atraídas por un imán. Aunque hubiera deseado volar, Marcel caminó lentamente llevando debajo del brazo el paraguas plegado.

—Buenos días, señor Hollister —saludó la madre.

—Especialmente buenos después de los dos chaparrones de ayer, el de ceniza y el de agua. Gracias por haberme permitido entrar en su casa.

—No podíamos hacer otra cosa. Usted había venido a traernos un encargo.

Julie intentaba articular alguna palabra, pero todas se le quedaban a medio camino, anudadas en la garganta.

—¿Me permiten que las acompañe?

—Por supuesto —concedió Agnes Berard.

Marcel se puso a un lado de la madre. Al otro lado caminaba Julie, que no se atrevía a mirarlo siquiera.

—¿Conocen el jardín botánico? No hace mucho

trajimos desde Guadalupe unas flores increíblemente bellas. Son tan delicadas que la mínima diferencia de temperatura y humedad en Saint Pierre ha hecho que muchas se pierdan, pero las que se han aclimatado son verdaderas joyas. Si no me lo toman por un cumplido, debo decir que eso ocurre también con las personas. Muchas no logran acostumbrarse a la vida en las Antillas y regresan al continente más tarde o más temprano, pero las que finalmente lo consiguen constituyen lo mejor de la ciudad.

—Ojalá ese sea nuestro caso —contestó Agnes.

—Pero no se apresuren. Aquí todo es más lento, nunca hay prisa. Se dice que lo más difícil para los que llegan es aprender a retener la marcha del carruaje, a caminar en vez de correr.

—Ya nos hemos dado cuenta, ¿verdad, Julie? Qué callada estás. No sé qué va a pensar de ti el señor Hollister, con lo habladora que eres siempre.

Pero por más que lo intentaba, la joven era incapaz de articular dos palabras consecutivas.

Llegaron pronto al jardín. Se extendía por el cauce de un torrente encajado en el extremo de la ciudad. Las plantas tapizaban las paredes de roca oscura y por el suelo se cruzaban senderos de arena, con parterres y bancos de hierro.

—Allí, junto a la fuente, están las flores de las que les hablé.

El jardín era célebre no solo por la belleza de sus especies y el esmero con que estaba cuidado, sino por la exquisita agua que brotaba de un manantial. Los criados hacían cola ante la pequeña pileta para abastecer sus casas, pero siempre en horas en que no molestasen a los señores en su paseo.

—Aquel abeto —señalaba Marcel— vino de los Alpes, de un pueblo llamado Magland. Algunos predijeron que moriría de calor, pero después de muchos años el árbol está perfectamente sano y los que se murieron fueron ellos. Otro ejemplo de buena aclimatación y de que todo requiere su tiempo.

—Conoce muy bien la ciudad. ¿Es usted de Saint Pierre?

—No, señora Berard. La mayoría de los que estamos aquí tenemos la sangre mezclada. Mi padre era irlandés, emigró con mis abuelos siendo un niño. Se lo tragó el océano. Casi no le recuerdo, pero dicen que me parezco a él, al menos eso mantiene el patrón de nuestra goleta. Él es el único que puede afirmarlo con seguridad porque conoció a mi padre, navegó con él y aceptó enseñarme este oficio que nunca termina de aprenderse, quizá porque el de marinero no es exactamente un oficio como el de carpintero o comerciante, sino un modo de vivir y hasta de morir.

—Tiene razón, señor Hollister —añadió la madre—. En Normandía también sabemos lo que es salir a la mar, rezar por los que embarcaron, gritar de alegría cuando vemos las velas acercándose a la rada y llorar por los que no regresan. Ambos mares parecen distintos, este quizá sea más tranquilo, verde y cálido, y aquel otro frío y gris, pero el semblante, la expresión de la gente que navega es siempre el mismo. No sé si de miedo o de soledad.

—Ambas cosas. Pero son un miedo y una soledad muy especiales —habló Marcel más para sí que para la mujer y la joven que le escuchaban—. Vivir con un abismo bajo los pies, dependiendo solo del viento y las olas, de la pericia del piloto o de la buena fábrica de la nave es algo que poco a poco va penetrando en el espíritu. Esa inseguridad no se supera nunca, solamente se sobrelleva. Algo así he oído de los hombres que bajan a la mina, cuando la jaula desciende y dejan atrás la luz del sol. Sin embargo, apenas llevamos unos días en tierra cuando ya añoramos esa sensación, creo que es una adicción como la de un mal vicio. Los marineros viejos acuden al puerto a ver partir las naves y las despiden con una añoranza que no pueden disimular. ¿Qué extrañan? ¿La juventud o la mar? Dentro de muchos años espero saber la respuesta.

—¿Y su madre? —se atrevió a intervenir Julie.

—Oh, claro. Mi madre sí era martiniquesa, de La Pagerie, al otro lado de la bahía de Fort de France. Murió hace dos años. En cuanto me lo permitían me escapaba a visitarla. No le faltaba compañía, siempre rodeada de nietos, los hijos de mi hermana, unos pillos. El mayor pronto tendrá edad de embarcarse y seguro que supera a su tío y a su abuelo.

—Ah, la Pagerie... ¿No fue allí donde nació...?

—La emperatriz Josefina, la esposa de Napoleón. Sí, muchos dicen que son parientes suyos y se refieren a ella como Yeyette. Lo más cómico es que lo afirman los blancos, los mulatos y los negros. ¿Quién sabe?

Los tres rieron la ocurrencia mientras se acercaban a la fuente.

—Julie, señora Berard. —Oyeron una voz.

Se giraron y vieron llegar a una mujer joven que retenía con una mano a un niño mientras con la otra empujaba trabajosamente un carrito de bebé. Había desistido de abrir una sombrilla de encaje que llevaba plegada dentro del coche. Sin duda, los niños eran incompatibles con la vanidad de la moda.

—Angélica Osso. ¿Cómo estás?

—Ya me ves. Voy a donde me llevan estos. Por si fuera poco, la niñera se ha marchado. Así, sin apenas despedirse. Después de la lluvia de cenizas dijo que no podía seguir en la isla, estaba aterrada. Ha hecho su equipaje y esta mañana ha embarcado hacia Burdeos. Ojalá tenga suerte, pero me ha dejado este panorama. ¡Théodore!

El niño, inquieto como todos los de su edad, correteaba entre los parterres persiguiendo unas enormes mariposas azules. La madre trataba de que no se alejara mientras mecía el coche en el que dormía el otro pequeño, con los puñitos cerrados y pómulos de ángel.

—No te apures, Angélica, que yo cuido de él. Déjalo correr, aquí no hay peligro —propuso Julie, buscando una excusa para separarse del lado de su madre.

Unos segundos después fue Marcel el que utilizó el mismo pretexto.

—Por allí hay otra puerta, permítame que yo vaya por aquel lado. No se preocupe.

Y sin dejar que ninguna de ellas replicase, el joven ya corría entre los setos.

Agnes y Angélica empezaron a hablar. Ambas llevaban tanto tiempo sin poder hacerlo tranquilamente que no se esforzaron en perseguir al pequeño Théodore, teniendo tan buenos guardias para custodiarlo.

En menos de un minuto, el niño tiraba piedras al estanque ensimismado con las ondas. Marcel y Julie al fin se encontraron. Solo el niño les acompañaba, no había nadie en aquel rincón del jardín. No supieron qué decirse.

—Julie —habló por fin el muchacho.

—¿Estás loco? —Julie temblaba.

—Sí. Por completo. Ahora lo sé. Y no quiero curarme nunca.

Ella quiso replicar, pero ¿acaso pretendía engañarse?

—Yo también, no sé qué me pasa. No sé lo que siento.

—¿Miedo?

—No. Miedo no. Algo nuevo. Me hace temblar como el miedo, pero también reír como una tonta.

—Creo que se llama...

—No, no lo digas. —Y le puso la mano sobre los labios. Él la tomó con fuerza y la retuvo allí un instante. Julie no intentó retirarla.

—De acuerdo, no lo diré. No diré nada.

Y en ese momento, como si hubieran sentido el influjo de un encantamiento, se besaron. El mundo se detuvo. Cesó el viento, se apaciguó el volcán, se serenaron las olas y las corrientes del mar porque dos corazones empezaban a latir al unísono.

—Théodore. —Se oyó la voz de Angélica, que se aproximaba.

Los jóvenes se separaron precipitadamente, aunque ambos sabían que el más sagrado de los pactos estaba firmado. Se amaban.

—¿Estás aquí? —La madre suspiró entre el alivio y la resignación.

—Sí, tirábamos piedras al agua. Una ha dado tres saltos antes de hundirse, ¿verdad, Théodore? —contestó Marcel agachándose hasta ponerse a la altura del pequeño.

El niño miró extrañado a aquel hombre que no había visto jamás, pero tampoco le dio mayor importancia y asintió, antes de lanzarse de nuevo a la carrera para desesperación de Angélica.

Al momento llegó Agnes Berard y, como si nada hubiera ocurrido, Marcel tuvo que seguir hablando... de botánica.

CUANDO LA DUDA SE ESCONDE EN EL ALMA
Y LA MUERTE ENTRE LAS FLORES

XIII

Marcel embarcó de madrugada. Se sentía extrañamente seguro de sí mismo, dispuesto a afrontar cualquier empresa. Una mujer le amaba. ¿Qué más podía pedirse a la vida? Ahora entendía los poemas que siempre le parecieron simplemente hermosos, las locuras de los dementes y las hazañas de los héroes, todo tenía sentido, hasta el giro de la tierra sobre su eje se explicaba, todo, todo lo comprendía porque amaba.

Sus compañeros percibieron en él algo distinto. Como si hubiera bajado a tierra un niño atolondrado y ahora un hombre nuevo condujera la goleta. Tiraba de los cabos con fuerza y aspiraba la brisa como si quisiera beberse el mar de un solo trago. ¿Qué le había pasado? Sea lo que fuere, bienvenido a bordo, Marcel Hollister.

Hombre libre, ¡tú siempre preferirás la mar!
Es tu espejo la mar; y contemplas tu alma
en el vaivén sin fin de su lámina inmensa[*].

---

[*] Charles Baudelaire, *El hombre y la mar*. 1857.

* * *

Julie cenó con apetito, se mostró locuaz e hizo carantoñas a sus padres, que se esponjaban de gozo al ver como su hija recobraba la alegría de vivir. Agnes sospechaba que quizá aquel chico tan educado que las había acompañado en el paseo de la mañana pudiera tener algo que ver en el buen humor de la niña. Verdaderamente era guapo, inteligente y buen conversador, pero... qué lejos estaba de imaginar que ya era dueño de su corazón.

—¿Cómo habéis pasado el día? —preguntó el padre.

—Muy bien. Por fin salimos de casa.

—¿Fuisteis de compras?

—Sí, Julie estuvo buscando tela para hacerse un vestido. Creo que se nos va a hacer *pierrotinne* antes de lo que creíamos porque eligió unos estampados que en Cherburgo hubieran sido un verdadero escándalo.

—Pero, mamá, tenemos que integrarnos. —Todos rieron.

—Encontramos a la esposa del capitán Osso. ¿La recuerdas? La de los dos niños.

—Oh, sí, una mujer encantadora.

—Es casi de mi edad —dijo Julie.

—¿En serio? Parece mucho mayor. No lo hubiera imaginado.

—También vimos... —la madre hizo una pausa

maliciosa mirando de reojo a su hija— a un marino muy educado. Nos enseñó el jardín. ¿Verdad, Julie?

—Sí... sí. Muy educado. —Creyó desfallecer, pero solo notaron en ella un ligero rubor que también les hizo sonreír.

Entre tanto, Melas no perdía detalle de la conversación y, un tanto celosa, no pudo contenerse en añadir, sin aparente malicia:

—Estos *matelots*, menudos pícaros. Siempre tienen una novia en cada puerto. No hay que fiarse de ellos. —Y entró en la cocina llevándose la fuente de la cena.

Aunque los señores Berard tomaron las palabras de Melas como una nueva broma, entraron en la mente de Julie como una saeta por el resquicio de la armadura.

¿Por qué lo dijo? Y más allá de su intención, ¿mentía? De aquel modo echaba en el caldero hirviente y confuso de su espíritu un ingrediente más, uno que no hubiera deseado.

Durante la noche rezó, lloró y rio un centenar de veces. Su primer beso aún le ardía en los labios cuando una frase maldita ya le hacía retorcerse los dedos. ¿Eso significaba amar? ¿Tocar el cielo y arder en el infierno al mismo tiempo? Ella misma, la que nunca había sabido del amor más que lo que cuentan los poetas, experimentaba de golpe todos los sentimientos contradictorios que escribían en sus versos. Julie trataba de encerrarse en su recuerdo en vez de torturarse con su incertidumbre. ¿Por qué abría la puerta a aquel horrible pensamiento? ¿Por qué admitir que Marcel pudiera no ser lo que aparentaba? En verdad supo representar su papel frente a su madre mejor que los actores de la obra de Víctor Hugo. ¿Y si no fue sincero? Pero ¿puede mentirse con la mirada y con un beso? No, allí no cabía el disimulo. El recuerdo sucio de Alphonse Clerc llegaba para confirmar la limpieza en la mirada de Marcel. Un beso, un simple beso. Se hubiera dejado matar antes de permitir que Alphonse tocara un milímetro de su piel, sin embargo, frente a Marcel hubiera dado lo que era y lo que tenía por seguir a su lado un minuto más y haber recibido otro beso. Todo cambia cuando es el amor quien dirige los instrumentos de la orquesta. Lo que en un hombre parece despreciable, bajo la luz mágica del amor se transforma en felicidad.

Pero apenas llevaba un minuto acariciando su recuerdo cuando de nuevo el sapo oscuro de la duda asomaba la cabeza. «Una novia en cada puerto». ¿Qué sabía de él? ¿Eran ciertas las historias de hombres casados con una familia en cada isla? En Cherburgo se supo que un marino tenía mujer e hijos en Francia y en Inglaterra. Sin embargo, la mayoría de ellos eran gente sencilla, quizá embrutecida por el trabajo, pero sin más pecado que la envidia de los que podían ganarse el sustento sin exponer su vida a cada instante.

No, Marcel no podía ser de aquellos. ¿O sí? A pesar de todo, Julie no hubiera cambiado su inquietud por la serenidad más apacible. Prefería vivir para reencontrarse con él, aunque en ese tiempo se consumiera en dudas y desasosiego. Necesitaba desechar aquellos pensamientos. Si realmente le amaba, no era justo dudar de él. La seguridad en sus sentimientos la obligaba a confiar en los de Marcel. Ahora entendía qué doloroso podía ser un desengaño, cuando todo se da, cuando no hay defensa ni prevención, como un soldado que sale de la trinchera al descubierto, qué fácil es que una bala lo atraviese. Cuanto más alto asciende la ilusión más duro resulta el golpe si caemos desde ella. Así debía ser. Amar también es confiar; si la duda entra por la puerta, el amor sale por la ventana.

En los momentos en que era capaz de pensar con lucidez se daba cuenta de su necedad. La palabra malintencionada de otra mujer había sembrado una duda injusta, cuando la única realidad era que ambos se encontraron, se hablaron y se besaron. Aquello no era una suposición, no era un sueño; era mucho mejor que un sueño. Ya bastaba, ¿dudas? No. La duda era un insulto para él y un tormento para ella. No tenía ninguna justificación. Marcel era un muchacho noble, esforzado, amante de los libros y la libertad del mar. Hasta tal punto era distinto de los marineros embrutecidos de las tabernas que incluso detestaba el ron. Qué disparate, querer ensuciar el tesoro que el destino le había regalado.

—¡Fuera, monstruo, fuera! —susurraba.

Su madre pasó por el corredor y la oyó hablar creyéndola dormida. No supo si con aquellas palabras se refería al gato o a algún fantasma de pesadilla. Prefirió no entrar al cuarto y dejarla descansar.

Al día siguiente amaneció una mañana gris. El aire olía a azufre, dificultaba la respiración e irritaba los ojos.

—Volverá a llover ceniza —dijo Melas mirando a lo alto.

Julie imaginó que sería un día como aquellos de su ciudad natal, en los que llegaba a perderse el recuerdo del sol brillante y el cielo azul. Pero, a diferencia de las nubes de Cherburgo, cargadas de agua limpia del Atlántico, allí el aire enrarecido se mezclaba con un polvillo agrio que se metía por todos los resquicios. ¿Se respiraría ese mismo aire a bordo de la goleta? ¿Dónde estaría Marcel?

Nuevamente prepararon el jardín para otra borrasca de nieve caliente, pero esa vez sin la alegría de la novedad.

La gente caminaba con aire cansado y pesimista. Los caprichos del Mont Pelée se estaban volviendo pesados, como los de un hombre chistoso que al final se hace aborrecible. Pero a la inmensa montaña no era fácil mandarla callar.

A media mañana las tres mujeres observaron cómo un muchacho, tirando de la rienda de una mula, colocaba los primeros carteles electorales en las paredes. Extraía uno del grueso rollo, lo desplegaba sobre la acera cuidadosamente y extendía engrudo por el reverso con la tranquilidad y mimo de quien echara polvos de talco a un recién nacido. Después lo alzaba, lo aplicaba contra el muro y lo alisaba con un cepillo de ropa. Repitió la operación varias veces a lo largo de la calle. Cuando le perdieron de vista se fijaron en el rostro enigmático del senador Knight; parecía un mago de circo con sus ojos penetrantes, su bigote retorcido y la barba puntiaguda, una imagen que intentaba disimular sus rasgos de mulato y hacerlo pasar por un burgués recién llegado del continente.

—Ahora pondrán los carteles del partido de Clerc. Qué desagradable será recordar todo aquello en cuanto salgamos al jardín y veamos su cara sonriéndonos —protestaba la madre.

—No se preocupe, señora —respondió Melas—. En cada barrio se pegan solo los carteles de un partido, aunque en el centro sí se permiten los dos juntos. Dicen que así se evitan altercados. De todas formas, es una pérdida de tiempo y de dinero. Cada uno sabe a quién votará porque depende más del color de la piel que de los pasquines o los discursos.

—No debería ser así.

—Quizá en Francia, pero esto es la Martinica. Allá todos son blancos.

—Y, sin embargo, cada vez que hay elecciones se pone todo patas arriba.

Las mujeres siguieron protegiendo su jardín, aunque el cielo se esforzaba en dejar paso a algo más de luz a medida que avanzaba la mañana.

A lo lejos se empezó a oír el ladrido de unos perros. Al principio no le dieron más importancia, pero se detuvieron al darse cuenta de que eran cada vez más los animales que se unían al coro, llenos de rabia o de miedo.

—¿Qué ocurre? —preguntó Agnes, mientras Melas alzaba la cabeza con inquietud.

—No lo sé, señora, pero no me gusta.

Súbitamente, apenas a unos pasos del lugar en que estaban, Julie advirtió un movimiento en el seto que se disponía a cubrir.

—Mamá. Mira, es Coronel.

El gato salió de entre los arbustos caminando torpemente hacia su ama con los ojos enrojecidos y el cuello abultado. Apenas reconoció el tacto de su mano cuando se dejó caer en el suelo, muerto.

—Ay, niña ¡Una serpiente! —gritó Melas, señalando allí mismo un enorme bulto del mismo color que las plantas.

En efecto, el reptil, de más de un metro, se retorcía con el vientre abierto, arañado y mordido. La cola aún palpitaba enroscándose de un modo siniestro.

—¡Coronel!

Julie recordó la advertencia de Sansón. El gato, más fiel y valiente que un mastín, la había salvado de una picadura quizá mortal. Parecía imposible que algo tan espantoso, tan grande, pudiera pasar inadvertido entre las ramas y el follaje, pero realmente estaba en su mundo mientras que las invasoras eran las tres mujeres que se abrazaban aterradas. Desde su celda, sepultado en vida, Sansón seguía velando por su señorita.

En ese mismo momento, cerca de allí escucharon otro grito desgarrador:

—¡Mi hijo!

Siguieron varios disparos de pistola.

Los perros saltaban intentando romper sus cadenas, se escucharon más disparos en la lejanía y la campana de la catedral tocó a rebato.

—¿Qué ocurre, Dios mío? Vamos a casa.

Las mujeres se encerraron en la cocina, echaron la llave y allí permanecieron sin atreverse siquiera a abrir las ventanas.

Una hora después llegó Vincent Berard.

—¿Estáis bien? —preguntó angustiado.

—Sí. Pero ¿qué ha pasado? Una serpiente enorme ha matado a Coronel y oímos gritos y disparos.

El padre se sentó a la mesa. Llevaba la chaqueta desabrochada y sudaba copiosamente. Se adivinaba que había subido corriendo la empinada calle.

—Inaudito. No se recordaba nada parecido. Al parecer, las laderas del monte están tan calientes que todas las bestias han bajado hacia el mar. Hasta Le Carbet han llegado nubes inmensas de mosquitos y hacia el norte han salido masas de hormigas y ciempiés, tantos que incluso han atacado a los caballos, algo espantoso, pero lo peor han sido las serpientes. Me ha dicho un gendarme que ha salido la guarnición del fuerte y las están matando por las calles. Han mordido a muchos animales y… también a niños. No sé cuántos han muerto. Esto es una tragedia.

Las mujeres se taparon el rostro con las manos y rompieron a llorar. No solo de miedo. Agnes Berard sentía el fracaso, el ver que su vida y la de su familia había desembocado en aquel lugar apartado donde temblaba la tierra y atacaban las serpientes. ¿Qué hacían allí? ¿No habían sido plenamente felices bajo la lluvia de Cherburgo, donde quedaron familiares y amigos, donde permanecía su otro hijo al que tardarían quizá años en volver a abrazar?

Julie, en cambio, no se sentía capaz de asimilar de golpe tantas emociones. Se le abría ante los ojos una vida nueva y en cuestión de pocas horas estaba a punto de perecer por el ataque de una fiera. Hasta entonces toda su existencia había estado marcada por acontecimientos insustanciales: los exámenes del colegio, el nacimiento de algún bebé en la familia, enfermedades, pequeños éxitos, mezquindades, pero en aquella isla todo se tornaba espantosamente real y salvaje, como la pelea a muerte de las serpientes y los gatos. Su mente estaba agotada y la única vía de escape de tanta tensión eran las lágrimas.

Por último, Melas lloraba de puro miedo, un miedo oscuro y primario, el miedo de quien siente temblar la tierra bajo sus pies y escucha el aullar desesperado de los animales que no pueden huir porque los hombres insensatos los han amarrado con una cadena. Pero a ella nada la retenía en aquella ciudad que olía a muerte. Las señoras habían sido extremadamente amables, nunca había servido en una casa en la que fuera tratada más como amiga que como esclava, pero no estaba dispuesta a pagarlo con su vida.

Esa misma noche extendió una manta sobre su cama, envolvió sus pocas pertenencias y se ajustó al cuello un viejo amuleto, un grisgrís de vudú. La mañana del día cinco de mayo de 1902, Melas Silvanne salía por la puerta del jardín sin despedirse de nadie, avergonzada de su cobardía y sin otro destino que alejarse de Saint Pierre.

DONDE LAS MALAS NOTICIAS DAN LUGAR
A LAS BUENAS DECISIONES

XIV

Estaba feliz. En contra de su costumbre, Marcel descendió de la goleta al atracar en Fort de France y acompañó a la tripulación a la cantina. Se trataba de un lugar no demasiado sórdido —los había peores, sin duda— en el Passage du Cordonnier, cerca de la bocana del puerto. También hasta allí había llegado la tensión que causaban los comicios del próximo domingo. Aunque la verdadera lucha se producía entre terratenientes *béké* y negros o mulatos, también la gente de mar tenía sus inclinaciones y sus intereses. El senador Knight era propietario de una compañía de buques que llevaba años intentando hacerse con el monopolio del comercio entre las islas francesas. En varias ocasiones había intentado comprar la *Rosaline*, uno de los pocos barcos que hacían la ruta de las Antillas sin estar a sueldo de ninguna naviera, pero mientras Fabien, el patrón, pudiera sostenerse sobre la cubierta, nadie pintaría un distintivo sobre la blanca madera de la goleta. Esto hacía que los fletes fueran cada vez más difíciles de obtener y la competencia con los grandes mercantes de vapor más dura y condenada al fracaso.

En aquel lugar se daban cita las tripulaciones de las naves fondeadas en la capital de la isla. El tabernero que quisiera atender debidamente a la clientela debía ser capaz de insultar en no menos de siete idiomas y conocer la forma de dar puñetazos y usar la navaja de los chinos, griegos, árabes, americanos y caribeños.

—Ganará Knight, me juego un barril de ron añejo.

—Yo lo veo —gritaba otro desde el fondo del local.

—A nosotros, a los de mar, nos conviene Clerc —gruñía un tercero—. Cuanto más arriba estén los productores de azúcar y ron, más comercio habrá en la Martinica. Han prometido que quitarán los aranceles.

—Eso díselo a los de París.

—No saben ni que existimos. Salvo para cobrar, claro.

Unos y otros se enzarzaban en disputas que no conducían a nada y solo servían para beber más licor. Algunos ya dormitaban con la cara sobre la mesa y la bocaza abierta mientras los demás vociferaban a su lado.

El tabernero salió de la trastienda con el rostro mortalmente serio y un periódico en las manos. Al principio, nadie reparó en él, pero poco a poco consiguió que se hiciera el silencio.

—Claude, viejo, ¿por qué te callas ahora, cuando eres tú el que más nos provoca para que bebamos?

El hombre no pudo más que mostrar el ejemplar de *Les Colonies* recién salido de la imprenta.

—Trae, déjamelo ver —pidió un marinero, y silabeó—: «La-fá-bri-ca-Guè-rin-se-pul-ta-da-ba-jo-el-lo-do-tre-in-ta-muer...».

El diario voló de sus manos hasta llegar a las del viejo Fabien, que se puso en pie y leyó con más fluidez el titular de la noticia:

—«La fábrica Guèrin sepultada bajo el lodo. Treinta muertos en la Rivière Blanche».

—¿Qué dices?

—Eso es imposible.

—Callad todos. Dejadle leer.

—«En la mañana de ayer, la ciudad de Saint Pierre ha sufrido el golpe de la fatalidad. El antiguo cráter del Monte Pelado, el conocido como Étang Sec, se desbordó a primera hora rompiendo el muro natural que lo contenía. Un alud de agua, barro y ceniza se precipitó por el cauce de la Rivière Blanche arrasándolo todo a su paso. En la desembocadura del torrente, como es bien sabido, se alzaba la destilería del señor Guèrin, en la que trabajaban a esa hora no menos de una docena de empleados. La ola envolvió todo el edificio, sus muelles y almacenes y en cuestión de segundos no quedó nada. Entre los desaparecidos se encuentra el hijo mayor del señor Guèrin y su esposa, con la que había contraído matrimonio el pasado mes de febrero. Varias familias que observaban la crecida del río desde la orilla fueron también engullidas por la riada sin que se tengan esperanzas de encontrar siquiera sus cuerpos.

Los dos vapores que sirven en la fábrica fueron sepultados por el lodo que, al entrar en contacto con el mar, produjo una enorme ola haciendo zozobrar numerosas barcas de pesca en toda la costa desde Le Prêcheur hasta la misma bahía de Saint Pierre. Tras la ola gigante, el mar se retrajo veinte metros dejando prácticamente al descubierto el fondo de la rada por unos minutos. Cuando regresó el agua con gran violencia, varios buques allí fondeados chocaron unos contra otros produciéndose graves desperfectos».

Los hombres se quedaron sin palabras. Alguno se santiguó y otros apuraron sus vasos.

Marcel miraba de reojo el periódico que sostenía su patrón. No pudo contenerse, lo tomó de sus manos y alzó la voz para leer la siguiente noticia, que también ocupaba la portada:

—«Las serpientes bajan de la montaña. Debido a las altas temperaturas del suelo, en los últimos días gran cantidad de animales salvajes ha descendido hasta el mar causando el pánico en varias poblaciones. Más de sesenta serpientes han sido abatidas por el ejército en las inmediaciones de Saint Pierre y Le Carbet; lamentablemente, han causado la muerte de seis niños y un anciano impedido, sin contar multitud de ganado. Desde que se produjo la segunda lluvia de cenizas y los temblores cada vez más intensos en el norte de la isla, muchos vecinos de Caravelle y pueblos del otro lado de la Martinica acuden a Saint Pierre para refugiarse de lo que temen pueda ser una violenta erupción del Mont Pelée. Sin embargo, no hay motivo para la alarma. La comisión científica designada por el gobernador ha acreditado que todo cuanto ocurre en la montaña entra dentro de la más estricta normalidad, a pesar de la magnitud de la tragedia de la Rivière Blanche. «Nada peor puede ya suceder», han afirmado, «y aun esto nos resulta inaudito, fuera de toda lógica».

El gobernador, junto con su esposa, se desplazará pasado mañana a Saint Pierre para tranquilizar los ánimos y dar instrucciones precisas al alcalde y al prefecto de policía.

Se insiste en que no debe cundir el pánico. La ciudad de Saint Pierre se asienta sobre un lecho de roca que la hace invulnerable a los temblores. Las autoridades ruegan que todos traten de seguir con sus actividades habituales en la medida que sea posible. La peor calamidad que puede venir a nuestra isla es el desorden y la anarquía. Se usará todo el rigor de la ley contra aquellos que, abusando de la buena fe de los vecinos de la Martinica, extiendan rumores infundados o intenten lucrarse ante la tragedia que nos ha golpeado o del temor de los más impresionables».

Cesaron las voces; todos callaron pensando en los amigos y familiares que residían en la ciudad más poblada de la isla. Las autoridades insistían en que no había peligro. Pero ¿cuántos muertos habían causado ya las serpientes, los temblores y la riada de barro?

—Esta vez parece que va en serio —se atrevió a hablar un hombre joven.

—No será peor que la del cincuenta y uno —contestó un anciano—, y no ocurrió nada. Solo murió algún pescador demasiado curioso y las cabras que había en el campo. El monte es fanfarrón, pero nada más.

—¿Se lo preguntamos a los obreros de la fábrica Guèrin, viejo?

—Eso les pasa por construir en el cauce de un torrente. Si no hubiera sido el Étang Sec se la habría llevado igual el próximo huracán. Claro, es muy cómodo tener tu propio muelle y tus barquitos para que nadie controle lo que metes y lo que sacas, pero hay que saber dónde se hacen las cosas. Y eso que Guèrin es *béké* de los más antiguos. Lo siento por su hijo y su nuera y por todos los que han muerto, pero ellos se lo han buscado. A la montaña hay que respetarla. Ella manda.

De nuevo se inició una discusión y, poco a poco, como el virus que todo lo infecta, terminaron por mezclar las ruindades de la política con la situación que se vivía en la isla. Unos criticaban a las autoridades por su pasividad, otros a los periódicos de la oposición por alarmar a la población innecesariamente. De nuevo corrieron el ron y los insultos.

Marcel, entre tanto, leía con avidez el diario, no más que una hoja grande doblada por la mitad. Por lo general, la Martinica no producía noticias suficientes para llenar más de esas cuatro páginas, incluyendo los ecos de sociedad y la entrega diaria de una novelita, pero ante la magnitud de lo que estaba ocurriendo, esas pocas columnas resultaban ridículamente escasas. Necesitaba saber más, tenía que saber qué ocurría en Saint Pierre y, sobre todo, si Julie corría algún peligro. La *Rosaline* tenía su salida prevista dentro de cuatro días en dirección a Guadalupe, y en ese tiempo permanecería fondeada en Fort de France. Marcel pensó en marchar hasta Saint Pierre por tierra, no se tardaba más de tres o cuatro horas aunque temió que los caminos estuvieran ya colapsados de gente que huía de la ciudad. En todo caso, si no había carruajes, el camino no podría cortarse a un hombre que caminaba o corría, incluso a través del bosque o sobre la playa.

Al fondo del salón, alrededor de una mesa, Marcel observó cómo se congregaban los pocos parroquianos que permanecían más o menos sobrios; sin duda las noticias habían disipado los humores del alcohol a más de uno.

—¡No, no, no! —hablaba en voz muy alta un hombre grueso con aspecto de domador de circo—. ¿Esto hace Francia con sus ciudadanos? Si estuviéramos en mi ciudad, en Nápoles, si el Vesubio hubiera escupido cinco centímetros de ceniza sobre la ciudad, se habría dado la orden de evacuación inmediata. Y somos seiscientas mil almas, no treinta mil como en Saint Pierre.

—Eres un exagerado, como todos los italianos.

—Puede ser. Dicen que tenemos la sangre caliente,

pero los napolitanos sabemos reconocer cuando un volcán despierta debajo de nuestros pies.

Se trataba del capitán del mercante *Beata Orsolina*. A su lado varios marineros, compatriotas suyos, asentían haciendo gala de descender de los antiguos pompeyanos.

—Mañana tenemos un cargamento en esa ciudad, no pienso pasar allí la noche. Con permiso o sin él, antes de la primera marea levaré anclas.

Marcel escuchó aquellas palabras con especial atención. Si el buque italiano salía hacia Saint Pierre, podía embarcarse en él para acudir al lado de Julie.

—¿Luego regresarás a Fort de France? —preguntó al capitán.

—No, amigo —le contestó—. Ponemos rumbo al norte, a Florida, sin escalas.

El joven arrugó el ceño.

Cuando salió del local se dirigió hacia el muelle, solo. Se cruzó con grupos de personas que acarreaban bultos y corrían en todas direcciones, madres con niños, jóvenes y ancianos. Tal como temía, les oyó decir que la carretera que conducía a Saint Pierre estaba colapsada. Muchos deseaban huir de aquella ciudad mientras que otros, por el contrario, corrían a refugiarse allí porque Fort de France se asentaba en un terreno arenoso mucho más inestable si se producía un temblor. Sin embargo, apenas había blancos entre los que huían. Algún comerciante miraba con desprecio a aquellos pordioseros que desatendían las llamadas a la calma de las autoridades. Ellos estaban seguros de que nada podía ocurrir, así lo aseguraba la comisión científica. El propio gobernador garantizaba la seguridad de todos. Solo los ignorantes, los pobres negros, se dejaban llevar por el miedo y corrían de acá para allá.

Marcel se acercó al muelle del vapor que conectaba las ciudades de la isla. Había un pequeño tumulto junto a la pasarela.

—¡Aguarden, aguarden! —vociferaba un encargado—. Hasta mañana por la tarde ya no hay pasajes. No se puede ir. El vapor está lleno, tienen que esperar. Lo siento.

—¡Esto es una vergüenza! —exclamaba una voz—. ¿Nos toman por estúpidos?

—Es una orden del gobernador —se escuchaba entre el gentío—. No quieren que se mueva nadie de su casa porque el domingo tenemos que votar.

—Dicen que hay patrullas de gendarmes por los caminos para mandar regresar a los que huyen. Estamos presos en nuestra propia ciudad. Como si fuéramos rateros. Es inaudito.

—Con tal de que les votemos nos van a dejar morir a todos.

Aunque el barco se encontraba prácticamente vacío, la pasarela estaba cerrada con una cadena y un par de soldados la custodiaban con el fusil bien a la vista para disuadir a los más atrevidos. El pobre hombre se esforzaba en mentir a la muchedumbre sin demasiada convicción y temiendo recibir algo más que insultos y amenazas.

El puerto de Fort de France estaba extrañamente paralizado. No se oían poleas ni cadenas de ancla, en cambio, los gendarmes patrullaban los embarcaderos como si temiesen una insurrección... o un éxodo.

Las protestas parecían estar bien fundadas. Los dos partidos deseaban que las elecciones se celebrasen con normalidad porque ambos tenían esperanzas de alcanzar la victoria. De no haber sido así, el que llevase las de perder estaría exigiendo a viva voz la evacuación de Saint Pierre, de Fort de France y hasta de todo el Caribe si hiciera falta con tal de impedir los comicios.

«Pobre Julie», pensaba Marcel. «Sola en esta isla, recién llegada...».

Sentía la necesidad de estar a su lado, de infundirle confianza y beberse él todo el miedo aparentando una falsa seguridad que realmente no tenía.

Regresó sobre sus pasos dispuesto a tomar el camino por tierra aunque hubiese de marchar de madrugada para evitar a los soldados, pero en ese momento se le acercó un puñado de marineros, varios de ellos compañeros de la *Rosaline*.

—Marcel. ¿Adónde vas?

—Hola, amigos.

—Por lo que has preguntado al italiano, parece que quieres ir a Saint Pierre.

—Sí. Pero eso es cosa mía.

—Nosotros también queremos ir allí. Tenemos familia.

Marcel miró a aquellos pobres diablos, una docena de estibadores, fogoneros, un cocinero, un calafate...

—Pues no lo intentéis en el vapor. Aunque está vacío, no dejan subir a nadie.

—Lo sabemos, nos han echado a patadas.

—Entonces poco se puede hacer. Quizá los italianos nos dejen ir con ellos, pero no podremos regresar.

—Yo no quiero volver —dijo un marinero canoso—, yo solo quiero ir con mi esposa. Si Dios ha dispuesto que muramos, no vamos a escapar ni aquí ni allí.

—No digas eso —exclamó otro más joven—, aquí no va a morir nadie. Solo queremos llegar a Saint Pierre.

—Si encontráis a alguien dispuesto a ir —contestó Marcel—, decídmelo, por favor. Yo os acompaño.

—No, Marcel. No va nadie. Por eso te necesitamos.

—¿A mí? —preguntó estremeciéndose.

—Nosotros no sabemos llevar un barco. Solo cargarlo, limpiarlo o preparar la comida.

—Entiendo. Dadme un barco y yo lo pilotaré.

—Ya tenemos uno.

—¿Dónde?

—Allí —señaló el más viejo—. La *Rosaline*.

Se hizo el silencio. Todos miraron a Marcel con aire de súplica. No había amenaza en ninguna de sus expresiones.

—¿Fabien está de acuerdo?

—No —respondió alguien del grupo—. Todavía hay que reparar algunas cuadernas y colocar el cargamento. Si vamos a Saint Pierre y regresamos, no cumpliremos los plazos y se perderá el flete. Fabien nos despedirá. Lo ha dejado muy claro.

—Entonces... ¿Me proponéis robarla? ¿Estáis todos locos? Acabaremos en la cárcel.

—Prefiero pudrirme en la cárcel antes que enterrar a mi hija —sentenció una voz rota por la congoja.

Marcel trató de zafarse de aquel grupo de desesperados. En verdad lo peor que podía ocurrir era que el miedo se apoderara de todos. Un hombre enloquecido resulta triste, incluso a veces cómico, pero todo un pueblo enloquecido es lo más espantoso que puede imaginarse.

Pensó en Julie; realmente no había dejado de pensar en ella un solo instante. Deseaba estar a su lado, pero ¿qué haría una vez allí, frente a su puerta? ¿Llamaría para decir a gritos que quería estar junto a la mujer que amaba? Aquel hombretón con el que casi se peleó el día de las cajas le mandaría hasta el puerto de un puntapié. «Seguramente», pensaba, «dentro de unos días todo habrá pasado y nos reiremos al recordarlo. En los momentos así es cuando hay que demostrar el temple y conservar la sangre fría».

—Marcel, ¿qué nos dices? Por favor.

Aunque su corazón le exigía correr en busca de Julie, trató de no perder el dominio de sí mismo.

—Amigos —les dijo—, esto que pedís es una locura. La comisión ha asegurado que la isla no corre peligro. Lo pone el periódico. Los que se acuerdan de la erupción del 51 dicen que se trata solo de ruido y un poco de ceniza, que no ocurrirá nada. Seamos prudentes, si tomamos el barco perderemos nuestro trabajo y nos las tendremos que ver con la ley. Por favor, vamos a intentar serenarnos todos.

Un rumor de desolación se escuchó entre aquel grupo de gente de mar, curtida en tormentas y peligros.

Al fin, un compañero de su misma tripulación habló con voz entrecortada.

—Marcel, tú no tienes a nadie en Saint Pierre. Nosotros, sin embargo, lo tenemos todo allí. Si no quieres tomar parte en esto, lo entendemos, pero si vamos a convertirnos en delincuentes nada nos importa fingir que te llevamos a la fuerza. Tú guía el buque, que nosotros cargaremos con la responsabilidad de lo que ocurra. Todos diremos que te amenazamos, que te resististe... lo que haga falta, pero no nos dejes. Cogeremos la goleta de todos modos y, con suerte, llegaremos a Saint Pierre. Podemos chocar contra los escollos de Le Carbet o seguir mar adentro hasta quién sabe dónde, pero no vamos a dejar a nuestras familias solas sin intentar, al menos, acudir a su lado. Los caminos están cortados, los soldados no dejan pasar a nadie y han puesto guarnición en la costa. Solo se puede llegar por mar.

Marcel supo entonces que el miedo y el amor pueden dar lugar a las mayores heroicidades, pero también a los peores disparates y temió realmente que le tomasen a la fuerza y le llevasen al navío.

En ese instante se oyó una voz. Un demente, o quizá un borracho se mesaba los cabellos y exclamaba:

—Hasta aquí nos ha traído nuestra impiedad. Así nos castiga Dios. ¿No lo veis? Como al pueblo de Egipto también a nosotros nos ha enviado las plagas, ya llegaron las moscas y las serpientes. Pronto vendrá el ángel de la muerte y se llevará a los primogénitos. ¿Estáis ciegos? Marcad con sangre las jambas y los dinteles y pedidle misericordia porque estamos condenados, todos condenados por vivir en una isla de pecado. El fuego vendrá sobre nosotros, como en Sodoma y Gomorra, porque el Señor no hallará en la Martinica a diez hombres justos.

Marcel volvió la vista a sus compañeros.

—Nos estamos volviendo todos locos. Por favor, vamos a serenarnos. No conseguiréis más que echar a perder todo vuestro trabajo de años por un momento de miedo. Tú, León, ¿no recuerdas cuando el huracán te arrastró de cubierta y te salvaste agarrándote a un cabo? Conservaste la sangre fría, por eso no te tragó el océano. Y tú, Nilo, eres el hombre más cabal que he conocido jamás. Nadie ha tenido que reprocharte nada, ni una mala palabra, ni un mal gesto, ni un minuto siquiera de pereza, hasta llegaron a mandarte que descansaras porque temían que pudieras reventar de tanto esfuerzo. Pon el pie en un buque robado y todo eso no habrá valido para nada.

—Sí, Marcel. Lo sé. Lo sabemos todos. Pero está decidido. Si vienes llegaremos a Saint Pierre, si no, al menos lo intentaremos, pero no permaneceremos aquí viendo que nuestras familias están debajo de aquello.

El marinero señaló el horizonte, en dirección a Saint Pierre y el Mont Pelée. Un cielo rojo como la sangre reflejaba destellos siniestros, como relámpagos. Cuando se hacía el silencio, el viento traía un rumor bronco como el disparo de mil cañones en una batalla lejana. La montaña había entrado en erupción. Marcel trajo a su memoria unos versos que siempre le habían impresionado, una estampa del infierno:

Por toda la arena, en forma lenta
llovían grandes copos de fuego,
como cae la nieve en la montaña si no hay viento
[...]
Tal descendía el sempiterno ardor;
y así la arena ardía, como yesca
bajo el pedernal, y duplicaba el dolor.*

Cada uno de aquellos hombres imaginaba a sus hijos, a sus madres y a sus esposas mirando despavoridas aquel cielo de pesadilla. Aunque la montaña se encontraba lejos de la ciudad, pensar en las escenas que se vivirían en sus calles encogía el alma de todos.

Algo sucedió en el interior de Marcel. Quizá la visión de aquellos rostros atemorizados, quizá el fulgor espeluznante de la montaña, algo indefinible, segura-

---

* Dante, *Divina comedia*. Canto XIV.

mente mezcla de muchos otros sentimientos que no sabría identificar siquiera, pero súbitamente desaparecieron las imágenes del deber, la ley, la responsabilidad... y solo quedó el rostro de Julie asustada, sin saber si seguir encerrada en casa o echar a correr por las calles.

Decidió no pensar. Julie estaba allí y él la amaba. ¿Por qué dejaba que la razón, tan cobarde, llevase siempre bien sujetas las riendas de su destino? Aunque solo fuese por una vez, si debía cometer una locura, incluso un delito, lo haría. No se detuvo a sopesar si merecía la pena echar por la borda su porvenir y el fruto de todos sus esfuerzos pasados, las ilusiones de sus padres y el cariño y la confianza de Fabien por una muchacha que quizá en ese momento estuviera junto a su padre embarcándose en cualquier mercante sin acordarse de él, o que incluso en la confusión del momento hubiera olvidado las pocas palabras que se cruzaron y el único beso que se dieron. En efecto, podía ser así, pero él estaba decidido a arriesgarse. Respiró hondo, cerró los puños con fuerza y al fin dijo:

—Está bien, iré.

Nadie pronunció una palabra.

—Ahora hay soldados, lo haremos esta noche. Saldremos con la marea, a las tres de la madrugada. Yo estaré abordo y no esperaré a nadie. Aguardad cerca para que no os vean y en cuanto suene el reloj, corréis. ¿Entendido?

Acababa de firmar su sentencia. ¿Sería de condena

o de absolución? ¿Obtendría la recompensa de regresar junto a Julie o terminaría pagando su locura en el calabozo del fuerte? Solo lamentaba herir a Fabien, traicionar su amistad. Hubiera deseado que él capitaneara la *Rosaline* cuando, en vez de acudir a puerto para recoger ron o caña de azúcar, navegaran para sacar seres humanos del mismo infierno.

Abrumado por el peso de la responsabilidad y la culpa, regresó a la pasarela del vapor. Los soldados le miraron con desconfianza.

—¿Saben si hay correo?

El encargado se volvió, aliviado por poder dar al menos una respuesta sincera y positiva.

—Sí. Eso sí. Salimos en una hora para Saint Pierre. Trae la carta y esta tarde llegará a Saint Pierre, yo mismo la meteré en la saca y mañana a primera hora estará en el buzón.

—Gracias, amigo. Que tengáis buena mar.

Marcel siguió por el embarcadero y hubo de identificarse ante otra pareja de guardias que le impedían el paso.

—Soy Marcel Hollister, el contramaestre de aquella goleta.

Entró en su cabina y escribió una nota para Fabien.

Amigo mío:
Desde que me acogiste tras la muerte de mi padre, no he conocido a otro hombre más generoso y a quien deba tanto. Mi padre supo a quién encomendar mis pasos, por eso me duele en el alma la traición que voy

a cometer contra ti y también contra él, que me mira desde el cielo. Junto a esta carta te dejo un cheque firmado por el valor de todos mis ahorros, tú sabes mejor que nadie los años y los esfuerzos que representa esa cifra, es más que un número, es el resultado de mi trabajo y la esperanza de mi porvenir. Espero que sea suficiente para cubrir la pérdida por incumplir el contrato que tenías ajustado con los comerciantes de Guadalupe. Solo puedo decirte que el deber, el verdadero deber, el que tú me has enseñado, consiste ahora en acudir a Saint Pierre y sacar de allí a la familia de mis compañeros y a otra persona cuya vida es más importante que la mía. Ojalá todo esto se quede en un mal recuerdo, pero, si ha de terminar en tragedia, que no se diga nunca que la Rosaline *no estuvo donde se la necesitó y que Marcel Hollister no hizo honor a su sangre y a su maestro.*

Acto seguido, tomó otra hoja de papel.

En la ciudad del silencio

XV

Vincent Berard se atragantaba, intentando comer y hablar al mismo tiempo mientras su esposa y su hija le miraban sin probar bocado. Hacía aspavientos con las manos y daba voces, como si sus razonamientos tuvieran más fuerza por hacerlos gritando en vez de hablando en un tono calmado.

—Estúpido italiano. Con el expediente que pienso abrirle, no va a tocar un puerto francés mientras haya agua en el mar. Para que vuelva a alzar la voz a un jefe de aduanas.

—Pero, papá —trataba de replicar Julie—, estaría asustado. Mucha gente lo está. Yo creo que tampoco...

—No, hija, no. Precisamente en momentos así es cuando más hay que respetar las normas y no caer en la anarquía, en el desorden. Además, ¡un italiano! Nunca fueron buenos marinos estos italianos.

—No, papá, no —entonces echó a reír con voz de cristal—, solamente Colón, Vespucio, Cabot...

—No me repliques. A los dos primeros les llevaron

los españoles para que luego se quedaran con toda la fama, y al otro, los ingleses. A este señor no sé qué, el capitán de la Santa no sé cuál... estos italianos siempre con los santos por delante..., le he negado el permiso de salida. Le faltan media docena de documentos, pero él insiste en que si no le firmo hoy mismo el permiso, mañana partirá sin él. Pues no pienso dárselo y que se atenga a las consecuencias. Dice que si estuviéramos en Italia ya habrían mandado evacuar la ciudad. Es posible, tampoco fueron nunca muy valientes estos italianos.

—Tienes toda la razón, papá, aunque te recuerdo que un tal Julio César venció a los galos.

—No seas impertinente con tu padre, Julie. Déjale hablar. —La madre trataba de contener la risa.

El plato de sopa puso fin al discurso. El asunto del mercante italiano había sido un incidente más de los muchos que estaba causando el maldito volcán. La ciudad estaba llena de refugiados del norte y de la costa oriental. En las iglesias se juntaban para rezar y su miedo aumentaba al oír lo que contaban los recién llegados, muchas veces noticias exageradas o falsos rumores que crecían de boca en boca. Algunas casas grandes habían abierto sus puertas y albergaban a familias enteras de campesinos o pescadores. Todos tenían miedo. Pero un extraño complejo de superioridad llevaba a los blancos a despreciar el temor ancestral de los negros. Dejarse llevar por el instinto de supervivencia en vez de creer los sesudos informes de la comisión científica marcaba una diferencia de clase y raza que el señor Berard se esforzaba por mantener.

Vincent sabía de memoria el comunicado que se había repartido por cada rincón de la isla. Lo sacó del bolsillo y leyó:

1. -Todos los fenómenos que se han producido hasta la fecha no tienen nada de anormal, por el contrario, son idénticos a los fenómenos observados en otros volcanes.

2. -Los cráteres del volcán están ampliamente despejados. La expansión de los vapores y lodos continuará, como ya ha sucedido, sin provocar temblores de tierra ni proyección de rocas eruptivas.

3. -Las numerosas detonaciones que se escuchan frecuentemente son producidas por la explosión de vapores localizados en las chimeneas, no se deben a hundimientos del terreno.

4. -Las coladas de lodo y agua caliente están localizadas en el valle de la Rivière Blanche.

5. -La posición relativa de los cráteres y de los valles que desembocan en el mar permiten afirmar que la seguridad de Saint Pierre es completa.

6. -Las aguas negruzcas que bajan de los ríos Des Pères, Basse Pointe y Le Prêcheur conservan su temperatura normal y deben su color anormal a la ceniza que acarrean.

Firmado: la Comisión científica.

Teniente Coronel Gerbault, de la artillería colonial (Presidente), señor Mirville, farmacéutico mayor de las tropas coloniales, señor Leoncé, subingeniero colonial de puentes y calzadas, señores Doze y Landes, profesores de Ciencias Naturales del Lycée de Saint Pierre.

Entre tanto, Julie y Agnes temblaban a escondidas. Hubieran deseado acoger a cuantos refugiados hubieran cabido en su casa, prácticamente vacía desde que desaparecieran, por motivos bien distintos, Sansón y Melas, pero el señor Berard lo había prohibido terminantemente. Todo lo que hiciese pensar que ellos tenían miedo del volcán debía ocultarse, debía erradicarse como una mala hierba que echa raíces en el espíritu, porque así lo ordenaba el gobernador y así lo acreditaba la comisión. No obstante, Vincent Berard no era un hombre necio. El aire cargado de azufre, la ceniza por doquier, los temblores y las lejanas explosiones no podían dejarlo impasible. Él se esforzaba por ocultar bajo una capa de fingida calma la inquietud que sentía por dentro.

Durante la comida, Agnes trató de desviar la conversación hacia mil temas insustanciales pero el presente era tan abrumador que siempre terminaban volviendo a la situación de la ciudad y sus habitantes.

Haciendo un gran esfuerzo, llegado el postre, Vincent habló a las mujeres de su casa.

—Ya sé que sois valientes, pero entiendo que la imagen del monte no os puede dejar indiferentes, entendería que quisierais salir unos días de Saint Pierre.

—¿Qué dices, Vincent?

—Yo creo que es una tontería, pero esta mañana ha llegado una notificación de Fort de France. Se autoriza a enviar allí a las familias de los funcionarios, a las mujeres y los hijos. Casi no conocemos a nadie, no creo que vayáis a estar mejor que aquí, en casa, pero puedo escribir al aduanero del puerto, le conozco, es un buen tipo y compañero de escalafón.

—No, Vincent. No tengo ninguna intención de marcharme y dejarte aquí, solo. Donde tú estés, yo te sigo. No tenemos miedo, ¿verdad, Julie?

—Claro, mamá, o todos o ninguno.

—Al menos tú, Julie, si quieres puedes irte. Creo que la señora Osso, la esposa del capitán, salió esta mañana con sus hijos.

—No, papá. Está decidido. Si tú debes quedarte en el puesto que te corresponde, también nosotras en el nuestro.

Los tres miembros de la familia Berard se fundieron en un abrazo. Julie y su madre se tragaban el miedo que las atenazaba mientras que Vincent intentaba aparentar orgullo de marinero normando, aunque en el fondo soportaba un extraño pesar. Si las mujeres hubieran accedido a dejarlo allí solo, se hubiera sentido más aliviado.

El ambiente en Saint Pierre resultaba extraño, como si vivieran en una ciudad diferente de la que conocían. Había casas cerradas, con las ventanas y las puertas aseguradas con listones de madera y al mismo tiempo se veían familias que cargaban por las calles con sus pocos enseres. Sobre una misma acera se apreciaban las huellas de los que salieron huyendo y los que, también huyendo, acababan de llegar. ¿Cómo protegerse de un coloso cuando se enfurece? Unos creían que Saint Pierre era más segura frente a los temblores, otros, por el contrario, escapaban de ella por su proximidad a los torrentes que nacían de la falda del volcán, como la Rivière Blanche que ya se había cobrado treinta vidas. En efecto, reinaba la confusión pero no el alboroto. El miedo hacía que todos caminasen con la mirada baja, quizá tratando de no ver el cielo rojizo o los tejados grises. Todo resultaba tétrico y pesimista, como un entierro o los preparativos de una ejecución que no puede ya evitarse.

En medio de aquella desolación, sin embargo, todavía quedaba espacio para otros sentimientos. Agnes se sentía firmemente unida a su marido, dispuesta a afrontar con él lo que la suerte les deparase y sufriendo tan solo por el porvenir de su hija. Ella, sin embargo, tenía su mente y su corazón lejos de la ciudad, aunque no tanto como suponía. ¿Era posible amar en un momento como aquel? ¿Dar gracias a Dios por su fortuna cuando todos imploraban su protección? Sin embargo, así era. Ella pensaba en Marcel, pero la realidad brutal se imponía a cada paso y cada instante. A lo largo de la mañana había entrado varias veces en su cuarto solo para tocar los libros que Marcel le llevó y para releer la carta que ya sabía de memoria, tratando de encontrar en ella nuevos acentos y nuevas intenciones que se hubieran escapado de las cien lecturas anteriores. Recordaba haber visto en un viejo libro de viajes el grabado de una catarata de la que emergía una roca cubierta de vegetación. Si un árbol puede crecer sano y fuerte en medio del estruendo constante y la furia de aquella masa de agua, también su amor podía florecer entre el miedo y la agitación que se vivían en Saint Pierre. Si alguien le hubiese propuesto regresar a Cherburgo por medio de algún encantamiento, se habría aferrado al marco de la puerta para evitarlo, porque la idea de no volver a estar cerca de Marcel la atormentaba más que todos los volcanes de la tierra.

Poco después del mediodía sonó la campanilla de la puerta. Julie se dirigió a ella echando de menos a la buena Melas, que se encargaba siempre de recibir los recados.

—Señorita Julie Berard.

Un cartero impecablemente uniformado leyó el sobrescrito. El servicio de correos, como el de aduanas, no parecía inquietarse aunque la tierra desapareciera bajo sus pies.

—Sí. Soy yo —respondió extrañada.

—Una carta de... de la biblioteca Schoelcher, de Fort de France.

—Ah, sí. —Ahogó un grito al reconocer la letra—. Mil gracias.

Corrió escaleras arriba rasgando el papel con ansiedad, como si en ello le fuera la vida. ¡Una carta de Marcel! ¿Qué le diría? ¿Dónde estaría en ese momento? ¿Camino de Guadalupe? ¿Se acordaría de ella?

Pero en vez de encontrar unas líneas llenas de almíbar, lo que leyó la dejó paralizada.

Julie:
¿Cómo puedo ser capaz de sentarme a escribirte en vez de correr a tu lado? Ya es solo cuestión de horas. Esta carta partirá poco antes que yo, pero cuando la tengas en tus manos estaré echando el ancla en la rada de Saint Pierre. Voy a robar la Rosaline. *Muchos amigos han decidido sacar a sus familias de la ciudad, pero mi necesidad es aún más acuciante que la suya. Tú estás allí. Si Dios no me lo impide —porque ninguna fuerza humana sería capaz de hacerlo—, dentro de poco estaré frente a tu puerta. ¿Qué sucederá a partir de entonces? No lo sé, no me quedan fuerzas para pensarlo siquiera, pero no puedo permanecer un minuto más sin acercarme a lo que más amo en este mundo.*

Todos los sentimientos que tienen nombre y muchos otros que aún carecen de él se agolparon en la mente confusa de Julie. Marcel venía. Había robado la goleta para acudir a su lado, ¿y ella había dudado de su sinceridad? Se arrepentía de cada segundo de celos, de cada latido angustioso de su corazón cuando daba vueltas a la maldita frase de Melas. Marcel venía.

Con los labios apretados, a punto de sangrar, se acercó a la ventana, pero una bruma grisácea impedía ver el espejo de la bahía. ¡Cuánto hubiera dado por descubrir, entre los mástiles de los navíos fondeados, los dos palos blancos de la *Rosaline*!

Pero en un instante de lucidez, una duda ensombreció el ánimo de Julie. ¿Qué haría cuando Marcel empujara la verja de su jardín? Ahora no valían los disimulos ni las excusas, ya no podría mostrarse como el simpático joven que había llevado unos libros a la niña. Era el momento de declarar la verdad. Marcel la amaba y ella daría la vida por él.

Atormentada por la incertidumbre, no fue capaz de imaginar qué respondería, qué haría llegado ese instante, pero cada fibra de su cuerpo esperaba aquel momento, que no se demorase un solo minuto a riesgo de que sus venas saltaran. La agitación del volcán, de la tierra y el aire enrarecido no eran apenas nada en comparación con el cataclismo que la sacudía interiormente.

Unas horas antes, Marcel había consumado su delito. Al mando de un buque robado se había convertido en un pirata como los de las historias, no sujeto más que a su voluntad y a la del viento. Pagaría bien cara su decisión, pero al menos aquel instante de libertad absoluta era enteramente suyo, quizá el más pleno que hubiera experimentado jamás. Condujo el navío aguas adentro en espera del alba, aunque conocía la combinación de luces de los faros de Saint Pierre y Le Prêcheur que permitían guiar a una nave hasta el mismísimo embarcadero en la más absoluta oscuridad. Pero aquella noche no era precisamente oscura. No había luna ni estrellas, en su lugar las bocas incandescentes del monte proyectaban su reflejo anaranjado contra el techo de nubes y ceniza. Fue prudente y decidió aguardar a la primera luz del día para poder anclar la goleta con la mayor discreción, al resguardo de algún gran buque sin riesgo de chocar contra su casco.

Así lo hizo. Al amanecer del día siete de mayo la *Rosaline* echaba el ancla enfilando un estrecho pasillo que formaban el americano *Roraima* y el *Walkirien*, de la marina real danesa. Jamás el orgulloso navío blanco se había escondido de aquel modo, como un delincuente, porque nunca antes había navegado fuera de la ley.

La carta que entregó al vapor de Fort de France aún estaría en la oficina de correos, sin repartir. Debía esperar a que Julie la recibiera para no encontrarla desprevenida, pero ¿y después? Ahora ya no tenía dudas. Le pediría que escapara con él. Se había comprometido con los compañeros a permanecer allí hasta la mañana siguiente, el tiempo necesario para que todos llegaran a sus casas y huyesen con sus familias. Algunos habían marchado montaña arriba hacia Morne Rouge y le habían rogado que les esperase, pero solo veinticuatro horas, ni una más. Él debía cumplir el mismo plazo. ¿Y si Julie se negaba? ¿Dejaría abandonadas a aquellas pobres gentes que solo dependían de él?

En cuestión de horas había tomado la decisión más difícil de su vida, traicionar a Fabien robando el buque, y había seguido ciegamente el camino que le dictó su corazón porque el amor hacia Julie y la lealtad hacia sus compañeros señalaban la misma dirección, pero ahora se separaban y debía adoptar una determinación aún más dolorosa si Julie se negaba a seguirle. Antes de desembarcar llamó a los hombres que formaban su particular tripulación y les habló mortalmente serio:

—Amigos, yo he cumplido mi palabra. He fondeado el buque de modo que casi no pueden vernos, menos aún con el día de niebla que parece amanecer. Está ya orientado hacia la salida de la bahía, no tendréis más que recoger el ancla e izar las velas para dejar atrás esta ciudad. Me comprometí a traeros hasta aquí, pero no puedo garantizaros el regreso a Fort de France ni a ningún otro lugar. Me pedisteis que os ayudara a sacar de aquí a quienes amáis, lo he cumplido, ya no me necesitáis.

—¿Te quedarás, Marcel?

—No lo sé, pero, si mañana al alba no estoy a bordo, soltad amarras. Cualquier lugar al que lleguéis será bueno, si no, pedid auxilio al primer buque que se cruce en vuestra ruta. La bodega está llena de agua y provisiones y los vientos os llevarán hacia el sur, hacia Venezuela, estad tranquilos que no acabaréis en el océano. Además, alguno de vuestros familiares, tu padre, Nilo, o el tuyo, Modest, aunque son viejos seguro que recuerdan cómo llevar una nave. La *Rosaline* es dócil.

—Marcel, no te quedes, no seas loco.

—Eso no depende de mí.

A lo largo de la mañana fueron desembarcando los marineros, discretamente. Poco a poco la chalupa de la goleta iba y venía con tres o cuatro personas que caminaban hacia el interior de la ciudad con aparente tranquilidad. Nada se movía en la Place Bertin, siempre bulliciosa. Muchas familias del interior vivaqueaban entre la arboleda sin tener un techo bajo el que cobijarse. No había gendarmes ni soldados luciendo sus pequeños sables de opereta porque todos estaban atareados tratando de mantener el orden en otros barrios más humildes de la ciudad, donde empezaban a producirse tumultos ante los comercios y saqueos en las casas abandonadas. A Marcel le costaba reconocer en aquellas calles llenas de bultos y silencio a la pequeña París de las Antillas. Los edificios, los árboles y los paseos tenían la misma disposición, pero todo se veía distinto bajo el tamiz que teñía de gris la luz del sol. Los sonidos, los rostros, todo allí era triste, casi fatalista, como si fueran animales en el callejón que los llevaba al matadero aguardando su final con apatía.

Aunque ya era casi medio día cuando desembarcó, Marcel vio la luz de un quinqué de petróleo en el despacho de la aduana. Seguramente se había vuelto a cortar la luz eléctrica. Descendió a tierra y observó a dos caballeros señalando el disco plateado en que se había convertido el sol.

—No son las cenizas. ¡Qué tontería! Lo dice bien claro el almanaque de Bristol. Mañana está previsto un eclipse parcial, seguro que han equivocado la fecha. Un error de la edición francesa, como siempre.

—Seguro. Por supuesto. Una casualidad, solo eso.

El joven subió la calle con el corazón en un puño. ¿Qué hacer? ¿Qué decir? ¿Cómo presentarse ante Julie? ¿Y si no estaba? Por una parte deseaba encontrar las puertas claveteadas, preguntar a los vecinos y oír que toda la familia navegaba ya rumbo a su añorada Normandía. Pero no. Recordaba la luz del despacho, Vincent Berard no había abandonado su destino. Por otro lado, él deseaba ver a Julie, lo necesitaba, ella era la única justificación de su vida, su único motivo para no enloquecer o enrolarse en cualquier buque y no regresar jamás a su patria. Él, un hombre sin ataduras, responsable solo ante sí mismo, veía toda su existencia pendiente de una palabra, de un sí o un no. Aquella situación le desconcertaba, le angustiaba profundamente, pero siempre terminaba desechando las absurdas reflexiones, porque ahora solo trataba de llegar junto a Julie y rogarle que marchase con él o que le permitiera permanecer a su lado hasta que todo aquello acabase como el destino hubiera dispuesto.

Pero debía ser prudente y esforzarse por encontrar un último rescoldo de sensatez. La carta, eso era lo primero. Julie debía estar avisada cuando llamase a su puerta. Llegó a la calle y se detuvo. Cerca había un local grande, quizá un comercio cerrado del que salían y entraban personas constantemente, siempre en silencio. Eran refugiados. Solo se escuchaba el rumor de voces asustadas y el llanto de varios niños.

Marcel se apostó junto a la puerta aguardando a que el cartero hiciese su ronda. La espera le pareció una agonía eterna, aunque realmente no duró más de media hora. Como si hubiera sido la voz de un ángel salvador, oyó el timbre de la bicicleta y los pasos del empleado que la llevaba cuesta arriba, sujeta por el manillar. En toda la calle solo entregó un par de sobres. Desde la distancia vio cómo tiraba del cordón de la campanilla, impasible, como si a su alrededor nada hubiera cambiado. Poco después se abrió la puerta. Sí. Allí estaba. Era ella. Quiso correr, gritar, abrazarla, pero un segundo después la verja se cerraba chirriando y el cartero montaba de nuevo en su vehículo.

Debía esperar. Ella tardaría en abrir el sobre, no podría hacerlo en presencia de su madre, o quizá la criada entrometida estuviera por allí revoloteando. Dirigió su vista hacia la ventana. Sí. En cuanto supiera que él se acercaba o que la goleta podía estar ya en el puerto, Julie se asomaría. Esa sería la señal de que había leído sus palabras.

¿Cuánto tardó? ¿Un minuto? ¿Una hora? ¿Mil? En su estado no hubiera sido capaz de calcular el tiempo. La cortina se estremeció y detrás de ella apareció el óvalo de un rostro, pero tan pronto como había surgido volvió a ocultarse.

Marcel se plantó en medio de la calle y luego caminó despacio frente a la casa, demorando sus pasos para permanecer a la vista el mayor tiempo posible. Repitió su camino en sentido opuesto un par de veces más, hasta que, al fin, de nuevo se movió la tela. Sus miradas se encontraron. Marcel sonrió, seguro de oír y entender lo que su corazón llevaba tiempo gritándole. Todas sus dudas y sus temores se disiparon al instante. Sabía que estaba en el lugar correcto, que había hecho lo correcto.

Julie vio a Marcel al pie de su ventana cuando aún no había sido capaz de asimilar el contenido de la carta. Él estaba allí. Había echado por tierra su pasado y su porvenir. Todo por llegar a su lado y sacarla del peligro. Y también supo que era el momento de obedecer a su instinto y olvidar las convenciones y las normas. Un hombre la amaba tanto como para sacrificar cuanto poseía y anhelaba poseer. Nada podía negarle cuando tanto le había entregado. ¿Qué más prueba necesitaba? Había llegado la hora.

Bajó las escaleras y escuchó a su madre, en la cocina. Abrió en silencio y, una vez fuera, corrió hacia Marcel.

Se besaron de nuevo, una vez más, un beso largo, como dos sedientos que calman su sed cuando habían estado a punto de perecer. Todo estaba ya dicho.

—Marcel —susurró al fin—. ¿Por qué has venido?

—Lo sabes bien. He venido a llevarte conmigo o a quedarme a tu lado. La decisión es tuya. Lo que yo he tenido que decidir ya está hecho.

—Marcel, yo creía que...

—¿Qué?

—Melas dijo que los marineros, que algunos marineros... tenían una novia en cada puerto y temí que te hubieras burlado de mí.

Marcel se echó a reír, como si estuviera en una velada de sociedad en lugar de en una calle solitaria de una ciudad fantasmal.

—Julie, te mentiría si dijera que el primer beso de amor fue el que te di en el jardín botánico. Puede sonarte a broma, pero el primero se lo di a la bandera cuando juré dar la vida por ella vestido de soldado. Hoy he roto ese juramento y he robado un barco. El segundo fue el que solo tú y yo sabemos. ¿Me crees?

—Claro. No sé cómo he podido dudar.

—Déjalo, no es momento de reproches ni galanterías. Julie, esta ciudad va a desaparecer de la faz de la tierra. Si te quedas perecerás con ella, y yo también. Me refugiaré en esa casa, al final de la calle donde se cobijan familias enteras. Ven conmigo y escaparemos. Mañana al alba parte la *Rosaline*, no sé adónde, pero lejos de aquí.

—No puedo, Marcel.

Se hizo un silencio denso. Una sola palabra, el «no» que tanto temía, acababa de salir de sus labios.

—Entonces, ya está todo dicho. No te insistiré —respondió con una voz sombría. Todas sus ilusiones se desmoronaron con aquella sola frase.

Las lágrimas recorrían el rostro de los dos jóvenes, que seguían abrazados sin importarles si alguien les miraba o si el volcán saltaba en mil pedazos.

Julie, entonces, alzó la mirada. Algo se iluminó en

el fondo de sus ojos azules. Se secó la mejilla con el dorso de la mano e hizo lo mismo con el rostro de Marcel, deteniéndose en la caricia mientras su mente hilvanaba una idea.

—Marcel, escúchame bien.

Donde todo acaba

XVI

—Vincent, Vincent, despierta, pronto. —Agnes zarandeaba a su marido que dormía plácidamente.
—¿Qué ocurre? ¿Cómo...?
—Vincent, despierta. ¡La niña no está!
El hombre se irguió y sacudió la cabeza tratando de expulsar los últimos vapores del sueño y entender lo que su esposa le gritaba.
—¿Cómo que no está? No te entiendo.
—Vincent, te digo que Julie no está. Se ha marchado.
—Pero ¿qué bobada es esa? Estará en su cuarto, o habrá bajado al aseo o a la cocina.
—No. No. Su cama está hecha y ha dejado una nota.
El hombre se sentó en la cama respirando agitadamente, al fin se puso en pie y salió de su alcoba tropezando, seguido por su mujer. Entró en el cuarto de Julie y, en efecto, encontró todo en orden, los cajones cerrados, las cortinas corridas, los cojines alineados y un papel plegado sobre el escritorio. Le temblaba la mano, no podía acercárselo a los ojos.

Queridos padres:
Siento en lo más profundo el daño que voy a causaros. Mi ingratitud hacia vosotros no puede describirse con palabras porque todo me lo habéis dado, pero ha llegado el momento en que debo elegir yo sola mi camino. Cuando leáis esta carta me encontraré a bordo de un navío, no sé con qué rumbo, pero estaré junto al hombre al que amo. Tengo miedo, como todos en esta isla, pero esa no es la causa de mi marcha, quizá solo la ha precipitado. Antes o después hubiera tenido que deciros adiós. Perdonadme.
Julie.

Vincent Berard se apoyó en el piano, casi desfallecido. Una mezcla de confusión, rabia y desolación le impedía articular una sola palabra. Junto a él, Agnes lloraba.

—¿Cómo no lo vi? —se quejaba—. Tanta amabilidad, tanta sonrisa...

—Pero ¿tú sabes quién es? Dime dónde está, dímelo.

—Claro. ¿Quién si no? Se llama Marcel, viaja a bordo de un buque, la... ¿*Rosalinda*?

—*Rosaline*, sí, la *Rosaline*. Viene a la ciudad cada dos semanas. Es la que nos trajo el equipaje. Aguarda... ¿no será el mequetrefe al que casi mata Sansón? ¡Dios mío! No puede ser.

—Vamos, vamos a buscarla. No creo que haya salido hace mucho. Seguro que aún estamos a tiempo.

—¡Mala hija!

—No digas eso —gemía la madre—. Es una chiquilla que no sabe nada de la vida. Un hombre la ha engañado y nos la quiere quitar. Ella no tiene la culpa de nada, yo sí por no haberlo sabido ver, por no haberla advertido del peligro. Yo soy la culpable, solo yo. —Agnes se tapaba el rostro con las manos.

Se vistieron apresuradamente y, antes de salir del cuarto, Vincent abrió el último cajón de la cómoda, rebuscó entre la ropa y sacó un pequeño envoltorio del que extrajo una pistola.

—Vincent, ¿qué vas a hacer? —Su esposa le agarró.

—Lo que sea necesario para recuperar a nuestra hija. Lo que sea necesario.

—¿Estás loco?

—No, Agnes, sé perfectamente lo que hago. Tú quédate aquí.

—No, de ningún modo. Yo voy contigo —respondió con tono resuelto.

Aún era de noche. Los faroles de gas estaban apagados y la luz eléctrica llevaba varios días sin funcionar. Algunos desesperados, incluso decían que la electricidad excitaba la actividad del volcán y se habían producido pequeños destrozos en los generadores y cortes de cables.

Vincent y Agnes corrían calle abajo, en medio de una oscuridad solo matizada por el destello espectral de la montaña. El sabor a azufre se pegaba a sus gargantas haciéndoles toser. Vincent palpaba la pistola en su bolsillo y Agnes la carta que llevaba arrugada entre sus dedos.

No se cruzaron con nadie, y si alguien los vio correr

alocadamente hubiera supuesto que eran otros dos vecinos que huían asustados. ¡Qué lejos estaban de imaginar la verdadera causa de su desesperación!

Al fin se detuvieron, ambos jadeaban y sus piernas se negaban a dar un paso más. Sabían que alcanzar el buque y encontrar a su hija podía ser cuestión de minutos, pero la fatiga terminó por vencerlos.

Cuando recuperaron el aliento prosiguieron su camino en dirección al puerto. La gente dormía aún en la Place Bertin, se oían voces y ruidos, pero Vincent y Agnes no hicieron caso de aquel espectáculo de miseria y desamparo que se presentaba ante ellos. Al menos allí había familias completas, padres y madres con hijos, en cambio a ellos les habían arrebatado la ilusión de sus vidas: su hija, su niña, su Julie.

Pronto llegaron al muelle. Sus pisadas resonaron contra las tablas y un gendarme que dormitaba apoyado en la puerta de la aduana alzó la vista.

—Señor Berard.

—Gracias a Dios. La ley. Amigo, por favor, tienes que ayudarme. ¿Has visto a mi hija? ¿Sabes si ha partido la *Rosaline*? Hay que sacar la lancha de la policía. Rápido, no tenemos tiempo que perder. Vamos. Mi hija se marcha. ¿No lo entiendes?

El gendarme tuvo que esforzarse por comprender lo que le decía el jefe de la aduana.

—¿Quiere decir que su hija se ha marchado a bordo de la goleta?

—Sí, sí. Eso es. Si la lancha de la policía sale ahora mismo es posible que aún podamos darle alcance.

—Espere, señor Berard. No puedo hacer eso. Si una persona se ha marchado de casa debe usted poner una denuncia, pero la embarcación está reservada para las urgencias de la policía.

—¿Y no le parece suficiente urgencia? Le digo que mi hija se ha marchado.

—Cálmese, señor. Eso no es delito, no lo es. Una chica se ha ido de casa. Ya regresará, hágame caso, que de esto sabemos mucho en la isla. No se preocupe. Luego telegrafiaremos a Fort de France. Pero ahora lo más importante es preservar el orden público. Con todo lo que tenemos aquí, entenderá que la fuga de una muchacha no es la prioridad.

—¡Engañada! ¡Va engañada o a la fuerza!

—Serénate, Vincent. El agente tiene razón —sollozaba la madre.

En silencio se encaminaron de regreso a la ciudad, pero antes de salir del pontón vieron una luz balanceándose cerca de ellos, un bote se hacía a la mar.

—Esperad —les llamó la madre tratando de no alzar demasiado la voz.

—¿Qué quieres?

—Necesitamos subir a un barco. Puede que aún esté en la rada.

—No podemos perder tiempo. Busca otra chalupa.

—Os pagaremos —habló Vincent—. Se trata de la *Rosaline*, una goleta blanca, de dos palos. Quizá la hayáis visto.

Se produjo un rumor dentro del bote. Varias figuras se movían en su interior.

—¿La *Rosaline*? ¿Conocéis a alguien?
—Sí. A Marcel —dijo Agnes—. A Marcel Hollister. Nos está esperando.

De nuevo se oyeron voces.

—Subid, nosotros también vamos a embarcar en ella. Está allí, detrás del *Roraima*. No hagáis ruido y saltad a bordo.

Un minuto después, los remos impulsaban la chalupa en dirección a los dos grandes navíos entre los que se ocultaba la goleta. Nadie hablaba, solo se oía el chasquido del agua y los gemidos de esfuerzo de los marineros. Una mujer llevaba en brazos a un niño envuelto en una toquilla, dormido, como un bienaventurado. Había también algunos ancianos y tres chicos de pocos años, que temblaban asustados.

El bote rodeó el casco oscuro del navío norteamericano, en cuyo interior se escuchaba el rugido de una caldera. Rebasaron el buque y viraron, entonces apareció el perfil blanco de la *Rosaline*. Se oyó el sonido de un cabo cortando el aire. Un marinero lo cogió al vuelo y tiró de él hasta que se tocaron las dos embarcaciones.

Muchos brazos ayudaron a los pasajeros a subir por la escalerilla. Los niños, los ancianos, la madre, hasta que quedaron solos los marineros y el matrimonio Berard.

—Vamos arriba —dijo Vincent con resolución, llevándose la mano al bolsillo en que guardaba el arma.

Ascendieron torpemente. Detrás de ellos, los últimos hombres amarraron el bote al casco y les siguieron hacia arriba.

Cuando llegaron a la cubierta, la primera luz del alba iluminó una escena sobrecogedora. La pequeña embarcación estaba atestada de personas de todas las edades. Muchas mujeres lloraban abrazadas a sus hijos. Los hombres corrían de un lado a otro desanudando cabos y moviendo poleas, no hablaban, todos parecían tener bien aprendida la lección y actuaban como autómatas. No se podía dar un paso. Agnes y Vincent intentaron en vano descubrir entre aquella multitud a su pequeña Julie, podía estar allí mismo, junto a ellos, pero la oscuridad y la confusión les impedían buscarla.

Súbitamente algo blanco se movió, una gran vela se desplegó sobre sus cabezas, después otra, y una tercera. El viento que soplaba desde el océano las curvó, crujieron los palos y la *Rosaline* se estremeció. Todos guardaron silencio. Se iban. Escapaban dejando atrás sus casas, sus amigos, sus vidas. Quizá dentro de poco regresaran y las encontrasen saqueadas o tuvieran que sufrir las burlas de los que se quedaron, pero el miedo no atiende a razones.

La ciudad empezaba a despertar mientras la veían alejarse. Junto a ellos, un mercante les rebasó haciendo sonar una campana a modo de saludo. Vincent leyó el nombre pintado en el costado, *Beata Orsolina* y se acordó del italiano, de su amenaza y del expediente que pretendía abrirle por haber partido sin los permisos. En ese momento todo le pareció absurdo.

Poco a poco la luz iba ganando terreno a las tinieblas. La mañana parecía extrañamente despejada. Entonces pudo ver los rostros de los pasajeros, ya podía buscar a Julie. Vincent se fue acercando a cada uno de los grupos que se apretaban en los rincones de la cubierta. Suponía que su hija podía estar en cualquiera de ellos, ovillada junto al hombre que se la había llevado. En su búsqueda recibió algún manotazo y más de un insulto, pero no la encontraba. ¿Se habría equivocado de barco? ¿Y si en el último momento se había arrepentido y estaba sola en casa? Qué imprudentes habían sido. Agnes debería haberse quedado allí, o al menos en tierra. Pero ahora todos pensarían que él, Vincent Berard, el jefe de la aduana, había huido abandonando su destino en contra de las órdenes del gobernador. No sería el italiano quien recibiera el castigo por su conducta, sería él. Quizá el gendarme declarase a su favor. Sí, el gendarme... Pero lo principal era Julie. Su hija se encontraba allí, muy cerca, estaba seguro.

—Ten cuidado, ¿no ves que hay niños? —exclamó una voz.

—Mira por dónde pisas, animal.

Pero Vincent no oía, solo buscaba entre los bultos a su querida niña. La pistola seguía allí, bien guardada y lista para resolver las cosas si era preciso.

Vincent recorrió el costado de babor. Le llevó mucho tiempo. Era imposible caminar entre tantas personas, equipajes, palos y cabos. Cada paso era un triunfo. Al fin llegó a la proa que enfilaba hacia el oeste. Parecía más despejada porque el viento era muy intenso y frío, en cuestión de minutos ya temblaba y tenía el rostro y la ropa llenos de salitre. Por allí solo cruzaban los marineros con la mano puesta a modo de visera para protegerse el rostro. Prosiguió por estribor, donde se repetía la escena de confusión y miedo. ¿Cuántas personas habrían embarcado a lo largo de la noche? Más niños, más ancianos recostados, más mujeres rezando. Y Julie no estaba entre ellas. Al fin se acercó a popa. Desde allí se veían las pocas luces de Saint Pierre, que se iba quedando reducida a una línea blanca sobre la costa. La visión del volcán era espantosa. Desde la distancia se podía contemplar en toda su magnitud, con varias bocas abiertas hacia el cielo expulsando llamaradas y vapor.

Tampoco estaba allí. Desolado, quiso regresar en busca de su esposa, pero en ese mismo momento se abrió una portezuela que comunicaba con el interior del buque. Por el hueco se oyeron más voces. También la bodega transportaba pasajeros, pero no fue preciso bajar. Una figura surgió por la escotilla. Era Julie.

—¡Hija! —gritó Vincent fuera de sí.

—¡Papá! —exclamó, abrazándole y cubriéndole de besos—. Estás aquí.

—Claro, mi niña. ¿Cómo iba a dejarte sola? Te perdono, hija, todo te lo perdono. Te has dejado engañar, mi cielo, pero ya está todo resuelto, ya estoy aquí, ya estoy contigo. Vamos, vamos con tu madre.

Vincent ayudó a su hija a salir a cubierta. Ambos lloraban.

—Bienvenido a la *Rosaline*, señor Berard. —Se oyó una voz a su espalda. Un joven le tendía la mano.

El padre le reconoció y supo que se trataba del malnacido que había embaucado a su hija. ¿Y se atrevía a saludarle? ¿Incluso a tenderle la mano como si fuera un amigo?

—¡Perro! —le gritó—. ¿Cómo te atreves? ¿Sabes lo que has hecho? Por tu culpa vamos a perderlo todo, yo perderé mi empleo pero tú, la vida. ¿Me oyes? A mi hija no te la llevarás porque te vas a marchar ahora mismo al infierno.

Sacó la pistola y la miró como si fuese un objeto extraño, algo que nunca antes hubiera visto. Durante un segundo trató de entender qué hacía aquello en su mano.

—Papá —Julie le sujetó la mano—. Por favor...

—¿Cómo? ¿Quieres decir que...?

—Sí. Quiero decir que le amo y que no voy a consentir que le hagas nada malo, porque entonces tendrías que hacérmelo también a mí.

—¿Estás ciega, hija? Esta isla del demonio te ha trastornado. Mañana mismo nos volvemos a casa, sí, a Cherburgo, de donde nunca tendríamos que haber salido.

—No, papá. Bendita la hora que vinimos a la Martinica porque aquí he encontrado a Marcel.

—Tú has perdido el juicio, Julie.

—Sé perfectamente lo que digo.

Vincent se quedó paralizado. Una lágrima corrió por su mejilla sin afeitar y miró de nuevo el cañón de su pistola, apuntando hacia su propio rostro.

Se oyó otra voz entre la multitud. Agnes Berard corría entre los cuerpos echados sobre la cubierta.

—¡Vincent, Vincent, espera!

—Agnes...

Se oyó un estampido seco. Todos los pasajeros se levantaron de golpe.

La montaña había reventado. Una nube azulada, inmensa, salía del cráter y se derramaba por su falda como si fuera una masa líquida. En su seno fulguraban relámpagos anaranjados. Todos la vieron, horrorizados, descender hacia Saint Pierre, como una fiera que engulle a un animal indefenso. La ciudad desapareció y la nube incandescente entró en el mar haciendo saltar columnas de vapor. Poco después llegó un ruido ensordecedor. Todas las comparaciones serían, más tarde, insuficientes para describirlo. Se habló de cañones, de truenos, pero se trataba de algo desconocido y mil veces más terrible, algo que muy pocos que lo hayan oído, habrán vivido para contarlo.

Entre la masa ardiente surgían por doquier grandes explosiones, todo se abrasaba en la ciudad y los grandes almacenes de ron y alcohol saltaban por los aires.

El mar se erizó y llegó hasta la *Rosaline* un vendaval ardiente que quemaba la piel y oscureció su casco blanco como una rebanada de pan tostado. De haberse encontrado un par de millas más cerca de la costa, la lona del velamen hubiera empezado a arder. Los pasajeros de la *Rosaline* se taparon el rostro cuando llegó a ellos la ola de aire abrasador. Los niños lloraron igual que si los hubieran sumergido en un baño demasiado caliente y muchos imaginaron que aquel sería su fin. Pero pasó pronto. Unos minutos después todo había cesado. Lo que vieron entonces los pasajeros de la goleta les llenó de horror. Saint Pierre era solo una línea roja, una enorme pira funeraria que en un instante se había cobrado la vida de treinta mil personas. Fuego, solo fuego donde poco antes se alzaba una hermosa ciudad llena de vida.

Tras el estupor del primer momento, todos rompieron a gritar desesperados. ¿Cuántos habían quedado allí? ¿Cuántos familiares, amigos, vecinos? Ellos estaban a salvo, habían salido en el último navío, pero nadie más había quedado con vida. Los buques de la rada desaparecieron, la nube incandescente los había barrido de un plumazo. Únicamente el pesado *Roraima*, desarbolado, se mantenía a flote envuelto en llamas. Sin embargo, el mar estaba en calma.

El fuego consumía toda la ensenada, desde Le Carbet en el sur hasta las playas de Le Prêcheur al norte. Solo se adivinaba el emplazamiento de la ciudad por el perfil de las montañas que la rodeaban, no quedó nada. Más arriba, donde no llegó la lengua de fuego, se veían intactos los campos, los árboles y la mancha blanca del pueblo de Morne Rouge. Todos los que se habían refugiado en las tierras altas se habían salvado, pero los que permanecieron en Saint Pierre murieron abrasados en cuestión de segundos. Marcel se acordó entonces de la extraña profecía del loco que gritaba los nombres de Sodoma y Gomorra, consumidos por el fuego igual que Saint Pierre.

Julie cogió la mano de su padre y, sin que opusiera resistencia, tomó la pistola y la arrojó al mar.

—Julie, Agnes. —Las abrazó, desolado.

Solo al cabo de un minuto volvió el rostro a Marcel. Él no apartaba la vista de las llamas que se perdían en el horizonte.

—Papá —dijo Julie—, quiero que sepas que...

—No, niña, no me digas nada, porque ahora nada tiene sentido.

—Escúchala, por favor —intervino Agnes.

—Debo decirte que todo esto lo hemos hecho para sacarte de la ciudad. Si no hubiera sido con este engaño no hubieras abandonado nunca tu destino y ahora no estarías aquí, ni tampoco mamá ni yo. Seríamos... uno más de... —Un sollozo le impidió terminar la frase.

Vincent apretó entonces la mano de su hija y, como si ella necesitara esa energía para hallar de nuevo la voz, prosiguió:

—Es verdad que amo a Marcel, pero nunca te hubiera dejado solo en una ciudad condenada. Yo tuve la idea de fingir que huíamos y de escribir la carta para obligarte a subir al barco.

El padre la miró desconcertado.

—Marcel vino de Fort de France con estos hombres para sacar a sus familias y cuando llamó a nuestra puerta me pidió que me fuera con él. Yo me negué si no estabais vosotros y él lo aceptó, dispuesto a quedarse en Saint Pierre. Él ha arriesgado su vida por mí y en el último momento respetó mi decisión y quiso compartir mi destino. Creo que no puedo pedirle mejor prueba de su nobleza y de cuánto me ama.

—Entonces... ¿no has engañado a mi hija? —preguntó a Marcel.

—Vincent —dijo su esposa—, el único engañado has sido tú. No te enfades. Ayer se presentó este hombre en casa y Julie me confesó que le quería, que había robado un barco solo para sacarla de la ciudad pero que no consentiría abandonarnos, por eso a nuestra hija se le ocurrió esta farsa. Todo lo habíamos planeado menos lo de la pistola, no recordaba que la tuviéramos en casa. Cuando te vi cogerla no supe qué hacer. Menos mal que has sido prudente y ahora está donde deberían acabar todas las pistolas del mundo, en el fondo del mar.

Vincent no supo qué responder. ¿Cómo había estado tan ciego? Él y todos los habitantes de la ciudad. Todos los que ya eran historia y ceniza. ¿Qué más aviso hubiera tenido que darles la naturaleza para que corrieran lejos de la bestia? Pero no. El gobernador, la comisión científica, las elecciones... y ellos, los necios, les creyeron. Habían pagado con la vida su pasividad, el haber desoído la llamada del instinto, el que hacía correr a los más pobres ante el desprecio de los ricos aferrados a sus casas y a sus cubiertos de plata. Ahora todos estaban muertos entre los escombros de lo que creyeron eterno.

—Vamos a sentarnos, Vincent. Dejemos solos a los chicos.

El matrimonio, cogido de la mano, se perdió entre

la multitud que se agolpaba en la popa viendo el humo de la ciudad.

—Marcel, ¿y ahora? —habló Julie mientras sus padres se alejaban.

—No lo sé. Todo cambiará. No ha quedado nada.

—Te equivocas. Saint Pierre no existe pero sí la goleta, sí el mar, Fort de France, el mundo entero sigue su curso y esto quedará solo como una nota triste en los libros. Nosotros debemos continuar.

—Hemos tenido suerte. Más que esos que lloran. Ellos han perdido a quienes querían, en cambio nosotros no dejamos a nadie.

Súbitamente Julie se estremeció, apretó los puños y dio un grito desgarrador.

—Julie, ¿qué te pasa?

—He matado a un hombre. Sí, lo he matado.

—¿Qué dices?

La muchacha se tragó sus lágrimas antes de contestar.

—Sansón. ¿Lo recuerdas?

—Claro. ¿Cómo podría olvidarlo?

—Estaba en la cárcel por mi culpa. Por mi cobardía. Ahora está muerto y yo llevaré esa carga mientras viva.

—¿Cómo? ¿En la cárcel? ¿Por tu culpa?

—Marcel, hay mucho de mí que no sabes. De hecho, lo ignoramos casi todo el uno del otro.

—Salvo que nos amamos.

—Sí, y con eso nos basta. Pero necesito contarte algo. ¿Recuerdas cuando escribí que tu nobleza destacaba más después de haber visto la maldad?

—¿Sansón te hizo daño?

—No. Él me protegió. Nos invitaron a una fiesta en la finca del señor Clerc y allí me tendieron una trampa, lo prepararon todo para dejarme a solas con el hijo mayor.

—He oído hablar de él. Es un canalla.

—De no haber sido por Sansón no sé qué hubiera pasado. Él me defendió, pero los gendarmes lo detuvieron y lo llevaron a la cárcel. Yo quise declarar la verdad, pero me aconsejaron que fuera prudente diciendo que podía incluso empeorar su situación si causaba más escándalo antes de las malditas elecciones. A partir de ese día haríamos todo lo posible para dejarlo libre. Tres días, solo tres días nos han faltado. Y yo lo acepté. ¿Por qué no me presenté delante del juez en ese mismo instante? Fui débil y un inocente ha pagado por mi cobardía.

Marcel abrazó a Julie, que cerraba los ojos.

—Piensa que todos los que están aquí tendrán historias como la tuya, casualidades, motivos insignificantes que al final han supuesto que unos se quedaran en la ciudad y otros hayan podido escapar de ella. Hemos sido muy pocos. De uno u otro modo, seguramente Sansón hubiera corrido la misma suerte que los treinta mil habitantes de Saint Pierre. No te atormentes.

—¿Cómo no hacerlo? Melas escapó. ¿Por qué Sansón no hubiera podido huir también?

—Era fiel, seguramente no os hubiera dejado solos.

—Entonces estaría ahora aquí, entre nosotros.

—Eso nunca lo sabremos. Piensa que tu familia se ha salvado, algo que muy pocos pueden ya decir. Somos afortunados, Julie, pero ante esta desagracia no podemos pretender que nada nos toque. ¿Quieres que te nombre a todos los amigos a los que nunca más volveré a ver? Muchos estaban casados, tenían hijos, o padres que incluso han navegado en este barco cuando yo era un niño. No podemos pedir más, Julie.

Aunque la reflexión fuera justa, la muchacha no podía dejar de pensar en el hombre que, por haberle sido fiel, había acabado su vida encadenado en una celda, indefenso ante las llamas como aquellos perros que aullaban frente a las serpientes. Pobre Sansón.

Marcel se dirigió entonces a la tripulación.

—Amigos, ponemos rumbo a Fort de France. Ahora todos hacemos falta y el buque más aún. Nadie podrá aproximarse a Saint Pierre hasta que baje el calor. El agua está casi hirviendo debajo de nuestro casco, pero dentro de poco, horas o días, habrá que regresar en busca de supervivientes. No parece posible que quede nadie en la ciudad, pero quizá sí en los caseríos de la montaña, en las cuevas o en la zona donde la ola de fuego no haya sido tan violenta. No creo que nos reprochen el haber salido como delincuentes en un barco robado. Aquí está el botín, más de doscientas personas vivas.

—Vamos, Marcel. No perdamos tiempo. A Fort de France —le contestaron.

La travesía se hizo en silencio. El mar estaba extrañamente quieto y el viento llevaba olor a muerte. Desde el fondo emergían bancos de peces que agonizaban en la superficie caliente del agua.

Al acercarse a la capital se cruzaron con el *Suchet*, el buque de la marina de guerra que salía a toda máquina hacia la ciudad devastada, sin imaginar la escena dantesca que hallarían al bordear la punta de Le Carbet.

Cuando enfilaron el espolón del puerto, una multitud se apiñaba sobre los muros de la fortaleza. Buscaban entre los pasajeros del último barco de Saint Pierre a sus familiares y amigos, con la remota esperanza de que algo o alguien les hubiera advertido del peligro que no supieron ver. Las escenas en el muelle fueron desgarradoras. Todos preguntaban, todo era confusión, aún no sabían exactamente qué había ocurrido y fueron las palabras de los huidos las que describieron la magnitud de la tragedia. Algunos se resistían a creer lo que contaban, pero el color rojizo de la piel quemada y la tonalidad del casco de la *Rosaline* no permitían albergar ninguna duda. Aquel buque y aquellos hombres regresaban del infierno.

Nuevos rumbos

XVII

Lo que ocurrió en la isla en los días de la erupción del Mont Pelée, los treinta mil dramas que se escribieron en un instante, concluyeron con una última historia escrita con palabras de odio entre partidos, de cainismo ente los que se culparon mutuamente de la catástrofe y los que la aprovecharon para lucrarse o para desprestigiar al rival. Quizá sea esta la condición del hombre, que no sabe renunciar a sus miserias ni en medio de la mayor tribulación.

Finalmente, las elecciones se celebraron, aunque la isla solo designó uno de los dos representantes a los que tenía derecho. Las autoridades del continente acudieron tarde y cargadas de palabras vanas y promesas de ayuda que nunca cumplieron, únicamente los norteamericanos llegaron pronto demostrando una generosidad admirable.

Los treinta mil muertos, lo poco que quedó de ellos, fueron sepultados allí mismo, en grandes fosas excavadas entre los escombros de lo que habían sido sus casas y sus calles. Nuevas explosiones arrasaron unos días después los escasos muros que había dejado en pie la ola de fuego del ocho de mayo y la lluvia de cenizas que siguió cayendo sobre la Martinica causó escenas de pánico en Fort de France y en el resto de pueblos de la isla que temían correr la misma suerte que sus convecinos de Saint Pierre.

Entre tanto, la familia Berard se alojó en casa del jefe de aduanas de la capital, un acto de compañerismo cuando todo era miedo y caos. El destino de Vincent como responsable de la oficina de Saint Pierre había dejado de existir, una situación que difícilmente podían haber previsto los reglamentos del cuerpo. No hubo tiempo para consultas ni trámites. Se autorizó la evacuación de todos los ciudadanos que lo desearan, sin necesidad de permisos ni salvoconductos. Buques de todo el mundo atracaron en Fort de France con ayuda para los damnificados y pasaje abierto para los que quisieran marchar a las islas cercanas o incluso a la remota Francia.

Marcel visitaba diariamente a Julie y paseaban por el parque de la Savane tratando de reprimir su sonrisa en medio de la desolación de todos. Ambos se sentían extrañamente culpables, como si aquel fuera un lugar en el que hubieran de desterrar un sentimiento tan natural en el hombre. Ellos evitaban mostrar su felicidad mientras que otros no podían contener su tristeza e incluso algunos se enorgullecían sacando a la luz su miseria, su avaricia o su envidia.

—Me siento extraña, como si la dicha de estar a tu lado fuera casi un delito.

—No digas eso, Julie. Aprovechemos el poco tiempo que...

Julie puso su mano sobre la boca de Marcel. Aquel lugar devastado tardaría décadas en superar la tragedia, pero, si Marcel hubiera insistido en pedirle que se quedara, Julie hubiera accedido aun a costa de las lágrimas de sus padres.

—Solo cinco días. Un suspiro.

—O una eternidad. Puedo asegurarte que cada minuto que pase contigo hasta entonces lo recordaré siempre, hasta que cumpla la promesa que te hice a bordo de la *Rosaline*: viajar hasta Cherburgo, buscarte y pedir tu mano.

—Hay un océano por medio, Marcel.

—Si he de cruzarlo a nado, dalo por hecho. Espérame.

—Claro. Mi corazón se queda aquí. Tendré que aguardar a que regreses para que me lo devuelvas.

Y ambos reprimieron su risa.

—Me hubiera gustado enseñarte la biblioteca, pero la han cerrado —dijo Marcel.

—Pronto pasará todo y la abrirán de nuevo.

—Y yo cogeré más libros, pero no podré enviártelos, ni usarlos como excusa para subir por tu calle y llamar a tu puerta.

—Aquella calle y aquella puerta ya no existen. Qué lejos parece todo.

Tras un doloroso silencio cargado de recuerdos, Marcel solo pudo responder en voz baja:

—Se hace tarde. Volvamos ya.

Cogidos de la mano, sin hablar, caminaron por una avenida desierta donde nadie se molestaba en retirar la ceniza, dejando dos hileras de huellas paralelas como si hubieran andado sobre la nieve. La ciudad era un sepulcro lleno de personas.

—Pasa, Marcel. No me dirás ahora que te avergüenza saludar a mis padres —dijo Julie, animándose al llegar frente a su puerta.

—Un poco, aunque te parezca una tontería.

—Pues sí, me lo parece. Vamos. —Y le cogió por una oreja, como una maestra a un alumno revoltoso.

Los Berard se hacían notar lo menos posible, sin salir apenas de los dos pequeños cuartos que ocupaban. El aduanero de Fort de France era un hombre extremadamente amable, pero todos eran conscientes de lo violento de su situación.

—Marcel, ¿cómo estás? —Agnes salió a su encuentro; poco después apareció Vincent tras el marco de la puerta.

—Bien, bien. Desocupado. Una sensación que no recordaba. La *Rosaline* está camino de la Dominica llevando evacuados, nunca había pedido permiso a mi patrón para quedarme en tierra, pero, claro, tampoco antes había tenido un motivo tan poderoso para hacerlo.

Julie se ruborizó.

—Entra, Marcel, que tenemos que hablar —intervino Vincent con un tono enigmático.

Los dos jóvenes se miraron intrigados y pasaron a la pequeña habitación en la que había servidas unas tazas de té.

—Marcel —habló el padre—, no tenemos palabras para agradecerte lo que has hecho por nosotros.

—No, no, señor Berard, ya lo hemos hablado. No tiene nada que agradecerme. Se lo ruego.

—Aguarda, Marcel —dijo Agnes—. Queremos proponerte algo. Julie nos dijo que llevabas tiempo ahorrando para estudiar la carrera de marino mercante.

—Sí, así es.

—En Cherburgo está una de las mejores escuelas de Francia.

—En efecto. Ojalá algún día pueda...

—Calla, hombre —gruñó Vincent con una amplia sonrisa—. ¡Qué trabajo os cuesta a los jóvenes entender las cosas! Te pedimos que vengas con nosotros. Los estudios son cosa nuestra, no te preocupes.

—No, por favor, no puedo aceptar...

—Escucha, hombre de Dios: si quieres, considéralo un regalo, pero, si lo preferís los dos —miró a su hija—, la familia de los funcionarios tiene un buen descuento en la matrícula, solo deberíais arreglarlo en su momento... en la iglesia. Yo, personalmente, creo que es un ahorro considerable y...

Julie se echó en brazos de sus padres mientras Marcel se quedaba con la boca abierta.

Cinco días después el vapor ponía rumbo hacia Europa. El pasaje experimentaba una confusa mezcla de sensaciones, entre el alivio por abandonar aquel lugar de pesadilla y la tristeza inconsolable de quienes dejaron allí mucho de lo que amaron. Una pareja de niñas vestidas de negro lloraba viendo cómo se desvanecía la isla, de la que quedaba solo un rastro de humo negro sobre el horizonte. Sus padres habían perecido en Saint Pierre y marchaban a Francia, a casa de sus abuelos, ya ancianos. No tenían a nadie que cuidase de ellas y una institutriz que había escapado los días previos a la tragedia había decidido cruzar con ellas el océano y todo el país hasta dejarlas en manos de sus únicos familiares en la lejana Borgoña. Todos los pasajeros podrían contar historias desgarradoras con finales mucho más trágicos que el de las dos pequeñas.

En aquellos rostros se apreciaba la marca de la derrota, la del emigrante que regresa sin fortuna y se avergüenza de llamar de nuevo a la puerta de su casa. Más que un buque de repatriados parecía conducirles a un nuevo destierro. A fin de cuentas, la mayor parte de aquellos desdichados llevaba sus raíces antillanas arrancadas de cuajo. Fueran o no martiniqueses, allí habían dejado familias, amigos, negocios, recuerdos y esperanzas. Para ellos las quemaduras del volcán seguirían doliendo para siempre en lo más profundo del alma.

Marcel y Julie no desperdiciaban un solo instante en el que pudieran estar juntos, a pesar del gentío que abarrotaba cada rincón del barco. Si la felicidad podía florecer en aquel buque cargado de lágrimas y dolor, ¿cómo no iba a sonreírles la vida cuando dejaran atrás el recuerdo de la tragedia? Para ellos, quizá solo para ellos, el porvenir se pintaba con colores brillantes.

El ser humano está predestinado a amar, esa es su

naturaleza y lo que le convierte en una criatura distinta de los demás seres de la creación y no hay lugar ni situación en que el amor no pueda brotar con la fuerza de un torrente. Sí, ellos eran felices sin medida porque se tenían el uno al otro y toda una vida para demostrárselo.

El buque llevaba varias jornadas de navegación. Durante el almuerzo, el señor Berard pidió prestado a un pasajero el último ejemplar de *Les Colonies* que se distribuyó antes de soltar amarras. Toda la familia, incluido Marcel, compartía una pequeña mesa en el comedor del barco.

—Política. Cochina política. Ni siquiera después de lo que ha pasado son capaces de mirar por encima de sus rencillas y sus miserias. Ahora todos habían previsto la catástrofe y vienen con aquello de «ya lo advertí». Farsantes. Avivasteis la llama del odio para que os votaran los blancos o los mulatos. ¿Os atrevéis a pedir responsabilidades? ¿A quién? ¿Al gobernador que murió con su esposa? ¿Al ministro de Colonias que nada sabía? Malnacidos.

Vincent apartó su taza del centro de la pequeña mesita para dejar sobre ella el diario. Una ráfaga de aire había revuelto sus páginas y trataba de recomponerlo con evidente fastidio, como si aquellas pocas hojas llenas de bilis y tópicos no merecieran el esfuerzo de extender los brazos para evitar que terminasen en el agua.

—¡Espera, papá! —gritó Julie con los ojos desmesuradamente abiertos, atrayendo la atención de los comensales.

La joven arrebató el periódico de las manos de su padre rebuscando un titular que había podido entrever en las páginas interiores.

Marcel notó que le temblaban las manos. ¿Qué ocurría? Julie fue incapaz de seguir y entregó el periódico a su madre que, con los ojos arrasados en lágrimas, leyó:

—«Un milagro en Saint Pierre. El único superviviente de la tragedia. En el día de ayer, cuando el párroco de Morne Rouge ayudaba en las tareas de sepelio de los cadáveres, oyó un débil gemido procedente de una celda en el lugar que ocupó la cárcel de Saint Pierre. Milagrosamente, después de haber permanecido varios días sin comida ni agua, el único prisionero que estaba allí recluido sobrevivió a la catástrofe gracias al grosor de los muros del calabozo y al hecho de encontrarse a varios metros bajo tierra y con solo una pequeña abertura orientada en dirección contraria a la ola de fuego. El superviviente, de nombre Louis Auguste Cyparis, ha sido trasladado a la casa rectoral de Morne Rouge, donde ya se recupera de las numerosas quemaduras que presenta por todo el cuerpo. "Si después de haber permitido la muerte de tantos inocentes, Dios ha querido salvar a un pecador", dijo el venerable sacerdote, "los hombres no tienen ya autoridad para pedirle cuentas. Vamos a solicitar el indulto de este hombre, sea cual sea el crimen que lo llevó a prisión. Hágase su voluntad"».

EPÍLOGO

Podría decirse que esta narración está basada en hechos reales, sin embargo la parte verídica de la historia va mucho más allá de la simple ambientación.

A las nueve menos diez de la mañana del ocho de mayo de 1902, el Mont Pelée, que había entrado en erupción pocos días antes, expulsó una nube de vapores incandescentes que se abatió sobre la hermosa ciudad de Saint Pierre. Este fenómeno se ha definido como un «flujo piroclástico», semejante al que destruyó Pompeya en el año 79 de nuestra era. La temperatura de la nube superó los mil grados centígrados y se desplazó a más de seiscientos kilómetros por hora.

La ciudad fue totalmente arrasada, acabando con la vida de todos sus habitantes y de muchos otros refugiados del resto de la Martinica, que habían buscado la seguridad de su suelo rocoso, inmune a los temblores. Desde entonces, ninguna otra erupción volcánica ha causado tal número de víctimas (entre treinta mil y cuarenta mil según las fuentes). Los vulcanólogos acuñaron el nombre de «peleanas» en recuerdo de aquella tragedia para describir este tipo de erupciones.

La mayoría de los datos que aparecen en la narración proceden del libro *La catastrophe de la Martinique: notes d'un reporter*, publicado por Jean Hess, un periodista que visitó la isla tan solo unos días después de la erupción del Mont Pelée, recogiendo impresiones personales y testimonios de primera mano. Puede descargarse en la plataforma Gallica, de la Biliothèque Nationale de France.

La historia de los Berard, de Marcel Hollister y la goleta *Rosaline* son pura ficción. Por su parte, los dos hijos de la familia Clerc eran solo unos niños cuando ocurrió la tragedia de 1902, por lo tanto, el joven Alphonse Clerc no existió. Todo lo demás es absolutamente real.

Las elecciones legislativas de 1902 fueron la causa de que el gobernador de la isla (el señor Mouttet, que murió en Saint Pierre junto a su mujer) no diese la orden de evacuación de la ciudad, contando con el apoyo de una comisión científica que no estaba del todo convencida de la sinceridad de su dictamen. Los componentes de la comisión y el contenido de su informe, tal como aparecen en la narración, son reales.

La tensión entre las comunidades *béké* y mulata es cierta, como lo fue la lluvia de cenizas, la invasión de insectos y serpientes por el calentamiento del suelo de la isla y el desbordamiento de la Rivière Blanche, con la destrucción de la fábrica del señor Guèrin y la muerte de su hijo, su nuera y los trabajadores del ingenio, tal como se ha descrito.

La biblioteca Schoelcher de Fort de France todavía presta servicio, aunque un grave incendio y los huracanes recurrentes en aquellas islas mermaron su espléndida colección de libros. Del teatro, orgullo de Saint Pierre, solo se conserva la escalinata como testigo de su pasado esplendor y la violencia de la ola de fuego que arrasó la ciudad.

Los nombres de las calles y de los parajes de la isla —el Étang Sec, el jardín botánico— y de los buques que se nombran en la historia —el *Suchet* de la marina de guerra, el *Roraima* norteamericano y el buque *Pouyer-Quertier* de la compañía telegráfica, el *Walkirien* danés— son también reales, con la salvedad del barco italiano que se llamaba únicamente *Orsolina*, la hemos «beatificado» para que no se parezca demasiado al nombre de la goleta de Marcel. La historia de su capitán, el napolitano que salió horas antes de la isla sin permiso de las autoridades recordando la catástrofe de Pompeya, también es auténtica.

Por último, la historia de Louis Auguste Cyparis, aunque parezca un final folletinesco para la narración, también es cierta. Se trata del único superviviente del centro de ciudad, de lo que hoy se hubiera llamado la «zona cero», aunque en las inmediaciones de Saint Pierre, donde la ola fue menos violenta, se rescataron algunos otros. En efecto, fue el párroco del pequeño pueblo de Morne Rouge quien lo halló en el calabozo que lo había protegido del fuego. Auguste, de veintisiete años, estaba acusado de un homicidio (no era un criado) y obtuvo el indulto de las autoridades francesas. Poco después fue contratado por un circo y recorrió Estados Unidos mostrando sus quemaduras y alcanzando una enorme popularidad. De hecho, las ruinas de Saint Pierre se convirtieron en una macabra atracción turística para los cruceros norteamericanos. Aún se conserva —y se exhibe— la celda donde sobrevivió Auguste Cyparis, como uno de los pocos vestigios que recuerdan la catástrofe en la nueva Saint Pierre, la ciudad reconstruida que nunca recuperó el esplendor de la antigua «París de las Antillas».

AGRADECIMIENTOS

Un libro es mucho más que una sucesión de palabras. Al equipo de HarperCollins Ibérica, con toda mi gratitud por vuestra confianza y vuestro trabajo.

www.ingramcontent.com/pod-product-compliance
Lightning Source LLC
LaVergne TN
LVHW030342070526
838199LV00067B/6413